Pferde
Freunde fürs Leben

Sternentänzer

Weißer Hengst in Gefahr

Lisa Capelli

Band 3

Dino

Die Deutsche Bibliothek – CIP-Einheitsaufnahme
Ein Titeldatensatz für diese Publikation ist bei der Deutschen Bibliothek erhältlich.

*Dieses Buch wurde auf chlorfreiem,
umweltfreundlich hergestelltem
Papier gedruckt.*

Sternentänzer, Band 3 – Weißer Hengst in Gefahr

Dino ist ein Imprint der Panini Verlags GmbH.

Redaktion: Claudia Weber (verantw.), Sonja Wittlinger
Lektorat: Susanne Wahl
Umschlag: TAB Werbung, Stuttgart
Fotos: Juniors Tierbild; Mauritius; CMI/Picture 24/Kuttig Siegfried
Satz: Greiner & Reichel, Köln
Druck: Panini S. p. A. Modena, Italien
ISBN: 3-89748-817-5

www.panini-dino.de

Weißer Hengst in Gefahr

In einer stürmischen Vollmondnacht schlägt ein Blitz in eine jahrhundertealte Eiche und eine Sternschnuppe fällt vom Himmel. Im gleichen Moment wird ein wunderschöner Schimmel mit einem kleinen schwarzen Stern auf der Stirn geboren.

Liebe Melina,

ich wünsche Dir viel Spaß

beim Lesen.

Carola

8.09.04

Unliebsamer Besuch

Es war ein Spätsommertag wie aus dem Bilderbuch, als Carolin Baumgarten, genannt Caro, nach einem ausgiebigen Frühstück auf ihrem Bike von Lilienthal nach Lindenhain jagte. Die Sonne brannte, der Himmel trug hellblaue Seide, obwohl der Wetterdienst Gewitter und Regen vorhergesagt hatte. Kein Windhauch wehte, aber die Luft flirrte ganz merkwürdig und ließ ahnen, dass noch etwas bevorstand. Hoch oben auf einem Hügel zwischen mächtigen, knorrigen Linden lag Carolins geliebter Pferdehof. Vor den Ställen stand ein olivgrüner Geländewagen mit einem Pferdeanhänger, auf der weiten Koppel neben der Reithalle ritten ein paar Kinder auf Ponys. Über den Teich flatterte lauthals quakend eine Entenschar, aus einem Fenster im Haupthaus dudelte das Radio. Eulalia, die Hofkatze, kauerte auf einem Zaunpfosten und putzte sich. Carolina und Herr Maier, die beiden Hofhunde, bemühten sich, ihre Welpenschar zusammenzuhalten. Auf der saftgrünen Weide grasten die ersten hungrigen Pferde.

Hinter dem Haupthaus kurvten die Bagger hin und her, bohrten ihre Schaufeln in die Erde und wirbelten dabei jede Menge Staub auf. Nervig, aber notwendig. Denn Gunnar Hilmer, der Chef von Lindenhain, hatte beschlossen anzubauen, um mehr Feriengäste unterbringen zu können. Bisher gab es gerade mal Zimmer für vier Besucher. Viel zu wenig. Zumal es finanziell mit Lindenhain nicht gerade zum Besten stand. Feriencamps, Ponylager, Reitseminare – Gunnar hatte große Pläne. Turniere sollte der Reiterhof künftig ausrichten, am besten internationale, mit der Reiterelite aus aller Welt – zuvor musste allerdings erst mal der lästige Umbau überstanden werden. Alles war wie immer an diesem Tag auf Lindenhain. So schien es zumindest. Doch der Schein trog, was Carolin noch nicht wissen konnte, als sie ihren Drahtesel an der Stallmauer abstellte.

Gunnar und Vicky, Reitlehrerin und seine bessere Hälfte, hockten gemütlich im Hof auf der grünen Holzbank unter der großen Linde, tranken Kaffee und mampften Apfelkuchen.

„Hi Caro“, winkte ihr Vicky zu. Sie deutete mit der Kuchengabel auf das Tablett „Magst du was mitessen? Schmeckt superlecker!“

„Guten Morgen, Vicky, hi Gunnar! Nein danke, hab schon gefrühstückt“, grüßte Carolin fröhlich zurück. Sie war ausgesprochen guter Laune an diesem sonnigen Morgen. Einfach so. Ohne Grund. Oder vielleicht, weil die Sonne schien und weil sie platzen könnte vor lauter Vorfreude. „Wie geht's denn unserer lieben Cinderella, Vicky?"

Die wunderschöne schwarze Araberstute war trächtig von ihrem Sternentänzer. Carolins geliebtes Pferd wurde Vater! Seit Carolin davon erfahren hatte, war dies jeden Morgen ihre erste Frage.

„Alles im grünen Bereich", nickte Vicky mit vollen Backen. „Die Lady frisst für drei! Vielleicht werden's ja Zwillinge."

„Prima", freute sich Carolin und lief schnurstracks zum Stall in Cinderellas Box. Die wieherte ihr schon freudig entgegen und knabberte gleich an ihrem T-Shirt.

„Ja, ja, meine Süße, gleich kriegst du was zu futtern!" Carolin streichelte zärtlich das seidenweiche, pechschwarze Fell der Stute. Ihr Bauch zeigte mittlerweile schon eine ganz deutliche Rundung. In ein bis zwei Monaten war es so weit und sie würde ihr Fohlen zur Welt bringen. Carolin konnte es kaum noch abwarten, den Nachwuchs von Cinderella und Sternentänzer, ihrem Sternentänzer, endlich zu sehen.

Aus der Nachbarbox meldete es sich auch schon. Ihr über alles geliebtes Pferd. Er streckte die Lippen gespitzt durch die Gitterstäbe, so, als wollte er Carolin ein Küsschen zuwerfen. Seine schönen Augen glänzten geheimnisvoll und dunkel wie Kohlestücke. Sternentänzer war nicht nur ein bildschöner weißer Araber, er war etwas ganz Besonderes.

„Hallo Caro!“ Lina kam in den Stall gestiefelt und unterbrach Carolin in ihren Gedanken. Wie immer trug sie ihre weiten, geblümten Röcke übereinander, dicke Schnürstiefel und eine Bluse mit vielen Schnüren. Ihr Haar fiel lang und dunkel in ungezähmten Locken über ihre Schultern und wirkte, als sei eben erst der Wind durchgeweht. Lina war inzwischen ihre beste Freundin geworden, was anfangs, als Lina neu in die Klasse gekommen war, ganz und gar nicht so ausgesehen hatte. Doch nachdem sie einige Abenteuer gemeinsam bestanden hatten, konnte die beiden Mädchen nichts mehr trennen. Lina war auch die Einzige, der Carolin von Sternentänzers geheimnisvoller Gabe erzählt hatte. Nur sie wusste, dass Sternentänzer in die Zukunft blicken konnte. Dass man ihm in einer Vollmondnacht eine Frage stellen konnte und die Antwort erhielt. Nur Lina wusste Bescheid – und Nick. Der Mann für alles, Stallbursche, Reitlehrer, Ausmister in einem. Doch bis heute war sich Carolin nicht darüber im Klaren, ob es richtig gewesen war, die beiden einzuweihen. Oder ob sie Sternentänzers Geheimnis nicht besser für sich behalten hätte.

Lina tätschelte Cinderellas Hals. „Hat ja schon ein ganz schönes Bäuchlein, unsere Mama in spe. Hast du eine Ahnung, wann genau sie abfohlen wird?“

Carolin zuckte die Schulter. „Wüsste ich auch gern! Nick hat mir erklärt, dass eine Stute normalerweise ungefähr 336 Tage trächtig ist. Allerdings wissen wir ja nicht, wann ganz genau Sternentänzer sie gedeckt hat.“

„Also abwarten und jede Menge Jasmintee trinken", grinste Lina und zupfte ein paar Strohreste aus Cinderellas pechschwarzer Mähne. „Und eines Morgens, wenn wir in den Stall kommen, erwarten uns statt zwei vier glänzende Kohleaugen!"

„Es müsste schon noch so um die ein, zwei Monate dauern", vermutete Carolin mit glänzenden Augen. „Ich freu mich schon so. Stell dir vor, so ein kleines, süßes Fohlen, weiß wie Schnee, schön wie Sternentänzer, meinetwegen auch schwarz wie Ebenholz, das wie er in die Zukunft blicken kann."

„Moment mal!", wandte Lina ein. „Woher willst du denn wissen, ob es Sternentänzers Gabe erben wird?"

Carolin schaute die Freundin so überrascht an, als habe sie eben daran gezweifelt, dass Weihnachten im Dezember ist. „Es muss einfach so sein."

Als die beiden Mädchen ein paar Stunden später den Stall verließen, war es vorbei mit dem schönen Wetter. Dicke, grauschwarze Wolken hingen so tief am inzwischen trüben Himmel, dass sie beinahe die Baumspitzen der hohen Linden zu berühren schienen. Es goss wie aus Kübeln. Donner grollte und grelle Blitze zuckten durch die Luft.

„So ein Mistwetter!", schimpfte Carolin, zog sich ihr dunkelblaues Shirt bis weit über die Ohren und spurtete Richtung Haupthaus. Lina raste hinter ihr her. Unter der großen Linde blieb Carolin plötzlich wie angewurzelt stehen und starrte zum Stall. „Moment. Warte mal."

„Was ist denn?“, japste Lina. „Komm weiter, wir werden klatschnass. Außerdem sollte man bei Gewitter nicht ausgerechnet unter Bäumen stehen!“

Doch Carolin packte Lina wie elektrisiert an der Schulter. „Da drüben, bei den Ställen, da ist jemand!“

Lina stopfte ungerührt ihr langes Haar in ihre Jacke. „Na und? Es sind jede Menge Leute auf Lindenhain unterwegs. Warum sollte da nicht jemand bei den Ställen sein? Vielleicht ist es ein Bauarbeiter.“

„Glaube ich nicht“, entgegnete Carolin zögerlich. „Irgendetwas ist da merkwürdig. Dieser Jemand wollte gerade die Tür öffnen, und als er mich sah, hat er sie ganz schnell wieder zugezogen.“

„Du siehst schon Gespenster, Caro!“ Lina zog missmutig den Reißverschluss ihrer Jacke bis zum Anschlag hoch. Der Regen prasselte auf den Hof. „Der Wer-auch-immer wollte wahrscheinlich nur nicht so nass werden wie wir, das ist alles.“

Doch Carolin ließ sich nicht beirren. „Ich hab auf einmal so ein verdammt ungutes Gefühl. Komm schon, lass uns nachsehen!“ Sie spurtete los.

„Nee! Ich bin jetzt schon nass bis auf die Knochen“, protestierte Lina genervt, rannte aber dann doch hinter Carolin her zurück zum Stall.

„Wir müssen leise sein“, flüsterte Carolin und öffnete vorsichtig die Stalltür. Sternentänzer wieherte ihnen schon in der Stallgasse entgegen, er spürte wohl, dass sie kamen.

„Siehst du! Keiner da!“, meinte Lina, als sie die Boxen

entlang zu Sternentänzer gingen und alles aussah wie immer.

„Pssst!“ Carolin legte warnend den Zeigefinger auf die Lippen. „Leise!“

„Ach was! Wenn wer da ist, wird er sich melden!“ Lina brüllte lauthals in den Stall: „Hallo, Sie da! Ist da wer?“

Niemand antwortete. Sie hörten nur ein Wiehern, Schnauben und das heftige Trommeln der fetten Regentropfen auf dem Dach.

Carolin öffnete Sternentänzers Boxentür. „Na, mein Süßer!“ Liebevoll streichelte sie über seine samtweichen Nüstern. „Ich bin sicher, dass jemand hier war, ich spüre das! Und Sternentänzer auch! Hier …“ Sie packte Linas Hand und drückte sie gegen Sternentänzers Bauch. „Fühl mal, sein Herz schlägt so schnell wie eine Trommel. Als ob er große Angst hätte.“

Lina zog ihre Hand wieder weg. „Quatsch. Schlägt wie immer!“

„Hmm“. Gerade als Carolin halbwegs überzeugt war, sich alles nur eingebildet zu haben, fiel ihr Blick auf einen roten Fleck im Stroh. Sie bückte sich und hob eine zusammengeknüllte Zigarettenschachtel auf. „Hier.“ Triumphierend hielt sie Lina ihr Fundstück unter die Nase. „Und was bitte ist das?“

„Eine Marlboro-Schachtel“, antwortete Lina gelangweilt.

„Ja, und?“ Carolins Augen funkelten.

„Was und?“

„Wer bitte raucht bei uns auf dem Pferdehof?“

Lina zuckte die Achseln. „Keiner."

„Keiner. Eben. Ich kenne nur einen, der infrage kommt."

„Und wen?"

Carolin machte eine Pause, dann holte sie tief Luft und sprach den Namen aus, den sie am meisten hasste: „Frank Stone."

Lina verdrehte die Augen und blickte genervt an die Stalldecke. „Nicht schon wieder. Du hast ja echt eine Stone-Allergie! Wenn es um den geht, tickst du total aus. Was soll der Typ denn bitte hier?"

„Ich weiß, dass er hier war. Ich spüre das von meinem großen Zeh bis in jede einzelne Haarspitze. Und irgendetwas ist hier im Gange", murmelte sie. „Da bin ich ganz sicher."

Lina beäugte die Freundin misstrauisch von der Seite. „Normal ist das nicht mehr!"

Frank Stone war der frühere Besitzer von Sternentänzer. Dass der herrliche Hengst in die Zukunft blicken konnte, hatte er erst erfahren, als er Carolin und Nick zufällig bei einem Gespräch im Stall belauscht hatte. Daraufhin hatte er Sternentänzer entführt und wollte seine Gabe für sich nutzen. Doch es war ihm nicht gelungen, das Geheimnis herauszufinden. Und es würde ihm niemals gelingen, denn Sternentänzers magische Kräfte konnte nur erfahren, wer sein Vertrauen besaß. Wie sich später herausstellte, war Stone ein polizeilich gesuchter Verbrecher und wurde verhaftet. Von der Belohung, die auf ihn ausgesetzt war, hatte sich Carolin [illegible] kaufen können. Inzwischen war Frank Stone jedoch wieder auf freiem Fuß.

Als sie an diesem Tag zum zweiten Mal den Stall verließen, blieb Carolin hinter dem großen Tor auf einmal wie angewurzelt stehen. „Da! Lina! Guck! Da!", presste sie hervor und deutete mit dem Zeigefinger auf eine Gestalt, die mit großen Schritten über den Hof Richtung Parkplatz marschierte. [illegible], dunkelbraune kurze Haare, [illegible] Mann würde sie unter hundert anderen jederzeit erkennen. Sein Gesicht hatte sich in ihrem Kopf eingebrannt.

„Frank Stone", murmelte sie und wagte vor Panik kaum zu atmen. „Das war Frank Stone. Ich wusste es doch."

„Meinst du echt?" Lina hegte noch immer Zweifel. „Vielleicht bildest du dir das nur ein?"

„Oh nein!" Carolin schüttelte den Kopf. In ihrem Hirn summte es mit einem Mal wie in einem Bienenstock. „Hundertpro. Das war er."

Lina versuchte die aufgebrachte Freundin zu beruhigen. „Ja, gut, dann war er es eben. Vielleicht wollte er sich nur mal umsehen. Ist doch kein Grund zur Panik!"

„Der? Einfach nur so? Umsehen? Niemals! Er will meinen Sternentänzer. Er will seine Gabe für sich nutzen. Beim ersten Mal hat es nicht geklappt. Nicht mal mit Prügel hat er das Geheimnis herausgefunden." Bei dem Gedanken an den düsteren Verschlag im Wald, in dem Sternentänzer gefangen gehalten und geschlagen worden war, begann Carolin am ganzen Leib zu zittern. „Und jetzt ist er gekommen und will ihn zurückholen.“

Am nächsten Morgen begann erneut der Ernst des Lebens. Die Schule hatte sie nach den Ferien wieder. Der neue Klassenlehrer, Armin Pfefferbeißer, war ein pickeliges Milchgesicht mit Nickelbrille, das man vermutlich zum ersten Mal auf eine Schulklasse losgelassen hatte. So einer von der betont lockeren Sorte, die Jeans und Birkenstock tragen und so tun, als wären sie der beste Freund ihrer Schüler. Da kam doch glatt Sehnsucht nach Frau Habermehl auf, die sich hatte versetzen lassen. Der einzige Lichtblick war, dass Carolin eine der hinteren Bänke ergattert hatte und dort neben Lina saß. Und dann kam Tina. Als Letzte rauschte sie in den Klassenraum. Rank und schlank wie eine Elfe, ihr Bauch flach wie ein Brett. Sie trug Jeans. Mit einem eng anliegenden T-Shirt. Die pummelige Schokoriegel-Tina, deren Lebensinhalt bisher aus Kuchen, Gummibärchen und Pfefferminzbonbons bestanden hatte! Deren Oberteile früher eher an Zelte erinnerten als an Kleidungsstücke.

Die ganze Klasse starrte ihr mit offenen Mündern nach, als sie durch die Reihen schritt. Es war mucksmäuschenstill, so, als würden alle die Luft anhalten.

Julia sprach als Erste aus, was alle dachten: „Wow, Tina! Wie siehst du denn aus? Was ist denn mit dir passiert? Bist du's überhaupt?"

„Beinahe hätte ich dich nicht mehr wieder erkannt", nickte Heike.

Tina zuckte ganz lässig die Schultern. „Ich bin's. Nichts ist passiert", behauptete sie kurz angebunden und ließ sich auf den Platz neben Luisa fallen, der noch frei war. Julia saß neben Heike, mit der sie zuletzt richtig viel Zeit verbracht hatte. Ein nicht unwichtiger Grund dafür war wohl Heikes süßer Bruder, den Julia rattenscharf fand. Und Valentina aus Toronto, die bis vor kurzem seine Freundin gewesen war, war inzwischen wieder zurück in Kanada. Beste Chancen also für Julia Schlupf, Töchterchen aus stinkreichem Hause, das sich vor allem für Jungs, Klamotten und Makeup interessierte. Die spindeldürre Annette mit ihren Spaghettihaaren gehörte nicht mehr zur Clique, sie hatte nach den Vorfällen im letzten Jahr die Schule gewechselt. Aber niemand vermisste sie. Nicht einmal Julia, obwohl Annette ihr größter Fan gewesen war. Wer will sich schon von einer Diebin bewundern lassen?

„Bist du krank, Tina? Drüsenstörungen? Schilddrüse, oder so?", erkundigte sich Luisa besorgt.

Tina reagierte nicht.

„Ich weiß", kicherte Heike. „Du hast dir in den Ferien Fett absaugen lassen!"

„Da steckt ein Typ dahinter", mutmaßte Julia. „Ich

verwette mein gesamtes Taschengeld für die nächsten fünf Monate, dass Tina verknallt ist!"

Ein feines Lächeln huschte über Tinas Gesicht, doch über ihre Lippen kam kein Wort.

Julia klatschte in die Hände. „Seht ihr! Schätze, ich habe Recht."

„Ist doch egal warum, ich finde jedenfalls, Tina sieht klasse aus", sagte Carolin.

„Finde ich auch." Lina nickte zustimmend.

Julia klatschte sich vor Vergnügen auf ihre seidenbestrumpften Schenkel, die unter ihrem gemusterten Minirock hervorguckten. „Unsere Schoko-Tina ist verknallt", kicherte sie.

Luisa zupfte Tina. „Du musst uns alles ganz genau erzählen!"

Doch die lächelte weiter nur geheimnisvoll.

„Der Typ muss ja ein echter Knaller sein, wenn unsere Tina dafür auf ihre geliebten Schokoriegel verzichtet", grinste Julia.

„Guten Morgen, meine Damen! Wenn ich um eure Aufmerksamkeit bitten dürfte …" Armin Pfefferbeißer mit seiner sauertöpfischen Miene beendete vorerst die Spekulationen um Tinas neue Figur.

„Ich werde euer neuer Klassenlehrer sein", begann er und sah über den Rand seiner Nickelbrille in die Runde. „Ich hoffe, ihr freut euch darüber genauso wie ich."

Einhelliges Nicken. Zumindest am Anfang musste man doch noch einen guten Eindruck machen. Zum

Glück ging es am ersten Schultag nach den Ferien einigermaßen gemütlich ab und nach der Verteilung der Stundenpläne konnten sie wieder nach Hause gehen.

Ein Pferd verschwindet

Schritte nähern sich. Carolin will weglaufen, doch ihre Beine sind plötzlich schwer wie Blei. Sie kann sich nicht mehr bewegen. Ist wie festgewurzelt. Die Schritte kommen immer näher, eine schwarze Hand packt sie von hinten am Arm, reißt sie herum. Sie sieht in ein Gesicht mit einer Clownsmaske. Der Clown lacht. Ein breites, fieses, hässliches Lachen. Die schwarze Hand packt sie an der Schulter, wandert zu ihrem Hals. Bevor der Clown zudrückt, reißt er sich mit der anderen Hand die Maske herunter und lacht sie böse an. Es ist Stone. Jetzt schließen sich seine Hände um ihren Hals …

„Wahhhh! Nein! Bitte nicht!" Carolin schreckte hoch und atmete so hektisch wie eine Schwangere kurz vor der Geburt. Sie sah sich um. Ihr Zimmer, das Pferdeposter an der Tür, Sternentänzers Bild auf ihrem Schreibtisch, Fensterläden, die leise klapperten. Sie erkannte erleichtert, dass sie in ihrem Bett lag und nur geträumt hatte. Schweißgebadet fiel sie in einen tiefen, traumlosen Schlaf, bis sie um fünf Uhr durch das laute Klingeln des Weckers erneut wach wurde.

Der Regen, der am Abend in Strömen vom Himmel gefallen war, hatte endlich aufgehört. Noch tropfte es von den Zweigen, dicke Nebelschwaden hingen über den Wiesen. Carolin war extra früh aufgestanden, um vor der Schule noch einmal über Cinderellas Bauch zu streicheln. Denn heute war Donnerstag, und das bedeutete Unterricht bis viertel vor vier und keine Zeit für Lindenhain.

Während sonst in den frühen Morgenstunden auf Lindenhain noch alles schlief, inklusive Herrn Maier und Carolina, herrschte an diesem Morgen ein hektisches Durcheinander. Vicky lief mit wehenden Haaren wild gestikulierend vom Stall zum Haupthaus. Nick war ebenfalls schon da und tigerte neben dem Stall auf und ab, bevor er im Haupthaus verschwand. Als Carolin dann auch noch einen Polizeiwagen entdeckte, kroch eine schreckliche Vorahnung in ihr hoch. Sie ließ das Rad fallen und raste blitzschnell zum Stall.

Sternentänzer! Stone!, waren ihre ersten Gedanken. Doch da stand Sternentänzer wie immer in seiner Box, wieherte ihr friedlich entgegen und inspizierte ihre Taschen. „Gott sei Dank! Du bist hier!“ Caro drückte erleichtert ihren Kopf ganz fest in sein seidenweiches, glänzendes Fell.

Aber was war denn dann geschehen? Warum diese Hektik? Und vor allem: warum die Polizei? Carolin hechtete aus dem Stall zu Gunnar ins Büro. Der lehnte am Fenster, hatte seinen Cowboyhut tief ins Gesicht gezogen und zog so heftig an einer Zigarette, dass sich in seinen Wangen zwei Löcher so tief wie der Teich im Garten bildeten. *Es ist das allererste Mal, dass ich Gunnar rauchen sehe,* dachte Carolin.

„Was ist denn hier los, Gunnar?“, rief sie ihm entgegen.

„Es gibt ein bisschen Ärger“, nuschelte er und pustete Rauchkreise in die Luft. Er schaute ihnen hinterher.

Carolin sah ihm mit vor Entsetzen geweiteten Augen an. „Was denn? Sag schon!“

„Cinderella.“ Noch mehr Rauchkreise.

Carolins Herz rutschte vor Schreck in die unterste Tasche ihrer Cargohose. „Was ist mit ihr? Ist was mit dem Fohlen? Hatte sie eine Totgeburt?“

Gunnar hielt inne, drückte die noch nicht einmal zur Hälfte gerauchte Zigarette aus, lehnte sich gegen den Schreibtisch und schob den Cowboyhut in den Nacken. „Caro, Cinderella ist verschwunden. Vermutlich schon seit gestern Nacht. Spurlos. Als Vicky heute Morgen nach ihr sehen wollte, war die Box leer.“

Carolin schnappte nach Luft. „Sag das noch mal!“

„Cinderella ist verschwunden. Weg.“ Er sah betreten auf den Boden. „Wir vermuten, dass sie entführt wurde.“ Er machte eine kurze Pause. „Kannst dir ja vorstellen, dass die Reifenbachs völlig außer sich sind. Die haben auch gleich die Bullen hergeschickt.“ Er knallte mit der Faust auf den Tisch. „Verdammter Mist! Ausgerechnet jetzt! Das hat mir gerade noch gefehlt.“

Reifenbachs waren die Besitzer der Stute. Sie waren stinkreich, wohnten in Berlin und hatten Cinderella vorübergehend, bis zu ihrer Niederkunft, auf Lindenhain untergestellt.

Carolin ließ sich auf einen Stuhl sinken, fuhr sich mit beiden Händen durch ihr kurzes braunes Haar und knabberte auf ihrer Unterlippe. Ein dämlicher Tick. Das tat sie nur, wenn sie überhaupt nicht mehr weiterwusste.

„Wir müssen was unternehmen, Gunnar.“ Carolin sprang auf. „Suchtrupps losschicken, den Wald durchkämmen. Wenn es sein muss, jedes Gebüsch einzeln durchsuchen!“

„Das macht doch schon die Polizei, Caro. Die tun alles Menschenmögliche“, versuchte Gunnar sie zu beruhigen.

„Oh nein!“ Carolin hatte schon die Türklinke in der Hand. „Ich gehe sie suchen, Gunnar! Und ich weiß auch schon wo!“

Noch nie in ihrem Leben hatte sie Sternentänzer so schnell gesattelt. Wie der Blitz jagte sie mit ihm vom Hof, raste in gestrecktem Galopp den Weg zum Wald entlang, ritt Galopp durch das Unterholz bis zu dem Holzverschlag, in dem Stone damals Sternentänzer gefangen gehalten hatte. In sicherer Entfernung stieg sie ab und band Sternentänzer an einen Baum. Alles schien verlassen. Auf Zehenspitzen pirschte sie sich bis an den Verschlag heran. Ein Fenster stand offen, eingeschlagen offenbar, denn spitze Glaszacken säumten den Rand. Ein paar Vögel zwitscherten, Blätter rauschten, doch sonst war kein Laut zu hören. Vorsichtig spitzte Carolin ins Innere. Nichts. Gähnende Leere. Weit und breit keine Cinderella. Nicht einmal eine Fledermaus. Es schien, als sei seit Sternentänzers Entführung niemand mehr hier gewesen. „Verdammt“, murmelte Carolin. „Verdammt! Verdammt!“ Enttäuscht schlug sie so fest mit der Faust gegen die Holzwand, dass es wehtat. Dieses Versteck war ihre große Hoffnung gewesen. Sie war so sicher, Cinderella hier zu finden. *Was soll ich jetzt nur tun? Wo bist du, Cinderella?*, dachte Carolin verzweifelt. Sie fuhr sich mit dem Ärmel über das Gesicht, um die Tränen abzuwischen, die sich in ihren Augen sammelten wie Regenwasser in einem Teich. *Was haben sie mit dir und mit Sternentänzers Fohlen gemacht?*

An diesem fürchterlichen Morgen kam sie natürlich auch zu spät zur Schule. Das Gesetz der Serie. Wenn etwas schief geht, dann gleich alles. Ganze zwanzig Minuten Verspätung. Natürlich war auch noch die Bahnschranke, die Lilienthal in zwei Hälften trennte, geschlossen. Schlechtes Omen. Amelie Schuster, die

Mathelehrerin, die gerade Zahlen an die Tafel schrieb, sah sie über ihre dicken Brillengläser hinweg mit strenger Miene an, als sie durch die Tür stürmte. „Fräulein Baumgarten! Auch schon da?"

„Sorry! Ich bin ein bisschen zu spät", murmelte Carolin und zog den Kopf ein.

Amelie Schuster verstand überhaupt keinen Spaß. Ihre Welt bestand aus Zahlen.

„Ein bisschen?" Sie blickte demonstrativ auf die Uhr. „Die Stunde ist gleich vorbei."

„Tut mir echt Leid", wiederholte Carolin und beeilte sich, an ihren Platz zu schlüpfen.

Doch Amelie Schuster war nicht so leicht abzuspeisen. „Würdest du uns freundlicherweise mitteilen, warum du uns erst jetzt mit deiner Anwesenheit beehrst?"

Soll ich sie anlügen?, überlegte sie kurz. *Platter Fahrradreifen? Katze von Baum gerettet?* Doch dann entschloss sie sich zur Wahrheit. „Ein Pferd wurde entführt", murmelte sie.

„Entführt, aha", machte Frau Schuster, ohne ihr im Geringsten zu glauben. Sie hätte genauso gut behaupten können, dass vor ihrer Haustür ein Ufo gelandet war und sie die grünen Männchen um Milch gebeten hatten, um sich Schokopudding zu kochen.

„Ja, eigentlich zwei Pferde. Denn Cinderella ist schwanger, ich meine trächtig."

Frau Schuster schob ihre Brille zurecht. „Zwei Pferde wurden also entführt. Das ist natürlich ein ausgezeichneter Grund, zu spät zu kommen“, sagte sie in das Gelächter und Gejohle der anderen, die sich über die originelle Ausrede amüsierten. Frau Schusters Gesicht wurde puterrot. Als sie endlich wieder ihr eigenes Wort verstehen konnte, schaute sie Carolin böse an. „Ich denke, ich werde ein paar Takte mit deiner Mutter sprechen müssen. So geht das nicht weiter. Deine Leistungen in Mathematik lassen ohnehin zu wünschen übrig. Du solltest deine Zeit etwas weniger verschwundenen Pferden als vielmehr den Zahlen widmen, Carolin.“

Carolin senkte den Kopf und nickte nur. Sie war viel zu traurig, um lange mit Frau Schuster zu diskutieren. Auch der restliche Vormittag in der Schule war eine Qual. Welche Fächer hatte sie eigentlich? Egal. Carolin war total unfähig, sich zu konzentrieren. Sie las die Wörter, checkte die Zusammenhänge aber nicht richtig. Sie war total nervös.

„Darf ich aufs Klo gehen?“, fragte sie schließlich in der dritten Stunde, als sie es kaum noch aushielt.

„Hast du eine Blasenentzündung, Carol? “, erkundigte sich Peggy Strawberry besorgt. Sie nannte sie immer Carol, eingeenglischt sozusagen. Es war bereits das dritte Mal in der Englisch-Stunde, dass Carolin rauswollte.

„Bitte, Miss Strawberry, ich muss mal“, drängte Caro und bekam die Erlaubnis. Beim Rausgehen hörte sie noch die Stimme ihrer Lehrerin, die nun das Thema Medizin für ihren Unterricht entdeckt hatte: „Weiß denn jemand von euch, was Blasenentzündung auf Englisch heißt? Niemand? Na schön, bladder heißt Harnblase ..."

Als Carolin auf dem Gang stand, riss sie das große Fenster zum Schulhof auf und atmete tief durch. Sie hatte heute schon den ganzen Tag das Gefühl, als müsste sie ersticken.

„Carol?" Peggy Strawberry streckte den Kopf aus dem Klassenzimmer und rief nach ihr.

„Hier."

Miss Strawberry kam auf sie zugelaufen. „Ist dir nicht gut?"

Carolin schüttelte nur den Kopf. *Wenn ich jetzt spreche, heule ich los*, dachte sie. Und vor Peggy Strawberry auf dem Schulgang rumzuflennen, das hätte ihr gerade noch gefehlt.

„Ist dir schlecht, my dear?", erkundigte sich die Lehrerin besorgt.

„Geht so", presste Carolin mühsam hervor.

Miss Strawberry betrachtete sie aufmerksam. „Du siehst auch pretty schlecht aus, my dear. Vielleicht ist es besser, du gehst home."

Carolin nickte. „Ok."

Miss Strawberry nahm ihre Hand. „Schaffst du es allein? Oder soll ich jemanden mitschicken? Willst du zum doctor? What do you think?"

Carolin zog ihre Hand weg. „Danke, geht schon." Bevor Miss Strawberry noch mehr tröstende Worte einfielen, lief sie zurück ins Klassenzimmer, packte ihre

Schultasche und war heilfroh, als sie endlich zu Hause ankam.

Carolin wohnte allein mit ihrer Mutter Ines in der Breitensteinstraße in einer hübschen Doppelhaushälfte mit einem Garten, in dem zwei Apfelbäume mit kleinen roten Äpfeln standen. Ihr Vater Paul war vor nun schon fast zwei Jahren ausgezogen, er hatte sich in seine Sekretärin Rosanna verliebt. Inzwischen war das Carolin schnurzpiepegal, denn sie kam ganz gut mit ihrer Mutter aus. Zumindest meistens. Sie schlich ins Haus, kickte ihre Sneakers von den Füßen und warf dann einen kurzen, prüfenden Blick in die Küche. Doch es waren keinerlei Spuren zu sehen oder zu riechen, die auf etwas Essbares schließen ließen.

„Mam?“, brüllte sie durch das Haus. „Mam! Bist du da?“

„Schrei nicht so! Ich bin nicht taub! Bin hier oben!“

Carolin schlich hoch ins neu eingerichtete Büro, wo sie Ines tippend am Computer fand.

„Hallo Mam“, rief sie von der Türschwelle aus und lehnte den Kopf in den Rahmen.

Ines sah nicht auf, sie wurde nicht gern gestört, wenn sie am Computer saß. Seit der Trennung von Paul arbeitete Ines halbtags bei einem Rechtsanwalt. Am Anfang hatte ihr die Arbeit Spaß gemacht, doch seit ihr Chef der zweiten Aushilfskraft gekündigt hatte, um Kosten zu sparen, blieb alles an Ines hängen. So kam sie fast jeden Mittag mit einem Stapel unerledigter Post nach Hause, die sie dann in Heimarbeit erledigte. Nein zu sagen wagte sie nicht, denn sie hatte Angst, dass auch ihr gekündigt werden könnte. Und mit den paar Kröten, die sie von Paul und dem Staat bekamen, würden sie nicht über die Runden kommen. Zumal auch „dein Pferd kostet“, wie Ines immer wieder vorwurfsvoll erwähnte.

„Was gibt's denn?“, fragte sie kurz angebunden und tippte weiter mit allen zehn Fingern, ohne auch nur vom Bildschirm aufzusehen.

„Ach nichts, gar nichts“, murmelte Carolin. „Es ist nur …“

„Was denn?“, kam es gedehnt und genervt.

„Ach, Mam“, begann Carolin und fühlte, wie die Tränen aufstiegen. Am liebsten wäre sie jetzt in die Arme ihrer Mutter geflüchtet, hätte sich ein paar Streicheleinheiten und beruhigende Worte der Marke „es wird alles wieder gut, Schätzchen“ geholt.

„Mist!“, fluchte Ines vor sich hin. „Was? … Was hast du gesagt? Lass uns später reden, Caro, ja? Ich muss diese verdammten Briefe irgendwie fertig kriegen!“ Sie hielt einen Moment inne und schnupperte in die Luft. „Ach, und geh am besten gleich mal unter die Dusche. Du riechst wie ein wandelnder Misthaufen! Hoffentlich hast du wenigstens die Schuhe ausgezogen. Ich hab's langsam echt satt, dir ständig hinterherzuputzen!“

Kann gar nicht sein, ich komm aus der Schule, wollte Carolin sagen, doch dann beschloss sie, dass es keinen Sinn hatte. Sie ließ den Kopf noch tiefer hängen, trottete in ihr Zimmer, warf sich auf ihr Bett und starrte die Wand an. Seit gut einer Woche hockte ihre Mutter nur noch vor dem dämlichen Computer, war überhaupt nicht mehr ansprechbar und hatte ständig grottenschlechte Laune. Zu essen gab's nur noch Ravioli aus der Dose oder Pizza. Oder sie holte sich einen Döner. Ein paar Tage lang spitzenmäßig, aber irgendwann hatte man einfach doch wieder Lust auf etwas Richtiges. Exotisches. Scharfes. Wenn Ines gut drauf war, zauberte sie die seltsamsten Gerichte in der Küche. Carolin war dann immer der Testesser. Sie vermisste es. Und sie vermisste auch ihre Mutter. Früher war sie immer für Carolin da gewesen. Sie konnte über alles mit ihr reden, zumindest theoretisch. Aber jetzt? *Vielleicht haben wir kein Geld mehr?*, überlegte Carolin. *Vielleicht hängt Ines deswegen ständig vor dem Computer? In den nächsten Ferien such ich mir einen Ferienjob*, beschloss sie. *Ich könnte ganz früh aufstehen und Zeitungen austragen, dann bliebe auch noch genug Zeit für Sternentänzer und Cinderella.*

Nach einer Weile raffte sie sich wieder auf, warf einen Blick in den Spiegel und stellte fest, dass der Regen auf dem Heimweg ihre kurzen dunklen Haare vollkommen durcheinandergebracht und jede Spur von Gel weggewaschen hatte. Oder vielmehr alles so dicht an den Kopf geklatscht hatte, dass sie aussah wie ein gebadetes Kaninchen. „Bäh!" Carolin fand sich potthässlich und streckte ihrem Spiegelbild die Zunge raus. Sie sah auf die Uhr. Es war gerade mal Mittag. Flüchtig bürstete sie ihr Haar, schlüpfte in ein nicht mehr ganz sauberes Sweatshirt und zog ihre Latzhose darüber.

„Ich fahr nach Lindenhain", informierte sie kurz ihre Mutter.

„Hm", machte die. Und dann: „Ach, warte mal, Caro!" Sie kramte ein paar Euro aus ihrer Tasche. „Hier, kauf dir unterwegs was. Lieber einen Döner statt Pommes oder Burger. Ist gesünder!"

Na toll, dachte Carolin. *Wenigstens erinnert sich meine Mutter noch dunkel daran, dass sie die Pflicht hat, ihr einziges Kind mit etwas Essbarem zu versorgen, worin sich wenigstens noch ein oder zwei Vitamine verstecken.* Früher war Ines wie eine Glucke, die ewig auf ihrem einzigen Küken brütete und Carolin mit ihrer übermäßigen Fürsorge beinahe erstickte. Heute konnte Carolin tun und lassen, was sie wollte. *Sollte einer die Mütter verstehen …*

Es war ziemlich windig, und das war gut so. Carolin streckte die Nase auf ihrem Bike in die Luft und hoffte, der Wind würde die düsteren Gedanken aus ihrem Kopf herauswehen. Sie fühlte sich merkwürdig und machte sich riesige Sorgen um Cinderella und das Fohlen. Vor allem um die Stute, denn das Fohlen war ja zum Glück im Bauch der Mutter noch gut aufgehoben. In einer ganz winzig kleinen Ecke ihres Herzens war Carolin jedoch auch unendlich froh, dass Cinderella und nicht Sternentänzer entführt worden war. Dass Sternentänzer im Stall stand, dass sie ihn streicheln konnte. Und ein ganz kleines bisschen schämte sie sich auch für diese Gedanken. Die arme Cinderella!

Begleitet von der fröhlich bellenden und schwanzwedelnden Carolina eilte Carolin in den Stall. Sternentänzer wieherte hell, als er sie kommen sah, er warf seinen Kopf hoch und schien sie fragend anzusehen. *Weißt du es schon? Vermisst du schon deine Familie?* Carolin schaute ihm ganz tief in die Augen. Wenn sie in seiner Nähe war, fühlte sie sich stark, hatte das Gefühl, dass sie mit allem fertig werden konnte. Als würde Sternentänzer spüren, dass sie gerade Trost brauchte, schmiegte er seine Nüstern zärtlich in ihre Handfläche. Doch das gute Gefühl hielt nicht lange an.

„Hey, konntet ihr nicht besser auf Cinderella aufpassen?", schrie Ferdi Reifenbach durch die Stallgasse und kam auf sie zugelaufen. Er hatte vor Aufregung ganz rote Ohren, was doppelt auffiel, denn die standen beinahe senkrecht von seinem Kopf ab. Ferdi trug seine teueren Reitklamotten und die blitzblank polierten Lederstiefel. Seine Eltern waren richtig reich und hatten ihm vor ein paar Jahren Cinderella geschenkt, statt einer Eishockeyausrüstung. Denn eigentlich wollte Ferdi lieber Eishockey spielen als reiten.

„Ich dachte, meine Cinderella ist bei euch gut aufgehoben", fauchte er, als er bei Caro ankam. „Ich hab mich auf euch verlassen!"

Carolin presste wütend die Lippen aufeinander. „Was heißt bitte, ob wir nicht aufpassen konnten?", fuhr sie ihn an. Ihre Nerven lagen ohnehin blank, da kam ihr der aufgeblasene Schnösel gerade recht. *Und überhaupt. Warum tanzte er hier in voller Reitermontur an, obwohl er doch wusste, dass sein Pferd verschwunden war?*

Im Schlepptau hatte Ferdi seine Schwester Nina, eine Schönheit im schwarzen Minirock, der eine Spur durchsichtig war, leicht glänzte und ihre langen Beine noch schlanker erscheinen ließ. Aber eigentlich war es egal, was sie anhatte. Sie war ohnehin eine der Glücklichen, die selbst noch in einem Kartoffelsack umwerfend aussehen würden. Porzellanpüppchengesicht stimmte natürlich auch gleich in die Beschimpfungen ihres Bruders ein.

„Was ist das hier nur für ein unmöglicher Reiterhof? Wo Pferde einfach verschwinden!" Sie warf ihre langen, seidenweichen schwarzen Haare voller Empörung in den Nacken. „Skandalös. Schließen sollte man diesen Verein hier!", plusterte sie sich auf. „Anzeigen sollte man den Besitzer, wegen Verletzung der Aufsichtspflicht!"

Carolin musste sich sehr zusammennehmen, um ihr nicht irgendetwas ganz Schreckliches anzutun. Sie mit ihren vornehmen Schühchen in Pferdeäpfel zu schubsen oder einen Eimer Seifenlauge über ihr wohlgepflegtes Seidenhaar zu kippen.

„Moment mal! Immer mit der Ruhe!" Nick, der das

Geschrei im Stall gehört hatte, kam auf sie zugelaufen. Ninas letzte Worte hatte er gerade noch mitbekommen. „Wir sind schon dabei, die Angelegenheit zu überprüfen!"

Nina fuhr herum und musterte ihn abfällig von oben bis unten. „Und wer bist du denn?" Ihr Blick glitt von seinem fleckigen Overall hinab zu den Stiefeln, an denen Pferdeäpfel klebten. „Solltest du dich nicht besser um deinen Mist kümmern?", fauchte sie ihn an.

„Solltest du dich nicht besser um deine Haare kümmern, dein Make-up oder um was weiß ich?", fauchte Nick sichtlich getroffen zurück.

Nina stemmte ihre Hände in die Hüfte. „Deinen Haaren würde ein schicker Schnitt auch nicht schaden! Und vielleicht ein wenig Körperpflege. Ich wette, dein Rasierwasser heißt ‚Eau de Mist'!"

„Und du benutzt bestimmt Zickenparfüm!", gab Nick zurück.

„Vollidiot!", keifte Nina und warf ihre langen Haare mit einer schnellen Bewegung auf den Rücken.

„Arrogantes Miststück. Du kannst mich doch mal!", gab Nick zurück und stapfte missmutig davon.

„Was bildest du dir ein?", schimpfte Nina hinter ihm her.

Carolin hatte das Gezeter zwischen den beiden mit offenem Mund verfolgt.

„Unverschämtheit!" Nina drehte sich auf dem Absatz um und rauschte aus dem Stall. Ferdi zuckte kurz mit den Schultern, als wollte er sich für den Auftritt seiner

Schwester entschuldigen. „Sie ist nicht immer so schräg drauf", murmelte er noch, bevor auch er den Stall verließ. Carolin drückte Sternentänzer noch ein Küsschen auf die Nüstern, dann lief sie der aufgebrachten Gruppe hinterher.

„Kinder, kommt ihr?" Aus Gunnars Bürotür winkte Ferdis Mutter. Folgsam trotteten die beiden in ihre Richtung und verschwanden im Büro. Lina bog gerade mit quietschenden Reifen und wehenden Röcken in die Hofeinfahrt.

Carolin war heilfroh, sie zu sehen. „Endlich! Ich dachte schon, du kommst nie!"

Lina stellte ihr Rad ab und schob ihre Haare zur Seite. „Sorry, musste Ami noch beim Kräuterpflücken helfen."

„Warst du deswegen nicht in der Schule?"

Sie streckte Carolin ihre Handflächen hin. Die waren moosdunkelgrün. Von den Gräsern und Kräutern. „Seit fünf Uhr früh hat mich meine Großmutter durch den Wald gescheucht, ich bin echt fix und alle." Sie grinste breit. „Ich wär lieber in die Schule gegangen, kannst du mir glauben. Lieber Mathe bei Amelie Schuster, als eine Ladung Brennnesseln im Hintern!"

Carolin sah sie fragend an.

„Ami hatte einen Hexenschuss, deswegen kann sie sich gerade nicht gut bücken. Und ihre Kräuterchen müssen im Frühtau gezupft werden, sonst ist die Wirkung nur halb so gut. Ich musste ihr halt beim Pflücken helfen."

„Du hast hier gerade echt was verpasst“, sagte Carolin.

„Was denn?“, Lina rubbelte ihre Handflächen gegen ihren Rock, um die Farbe loszuwerden.

„Nina und Nick. Die beiden haben sich gefetzt, was das Zeug hält.“

Lina zuckte die Schultern. „Na und, die können sich eben nicht riechen. Was ist denn daran so spannend?“

„Eigentlich nichts, aber ...“, Carolin machte eine theatralische Pause. „Erinnerst du dich, als Nick im Krankenhaus lag? Als er Shania rettete und sich dabei den Knöchel brach?“

„Ja klar, und?“ Lina streckte ihre Handflächen prüfend in die Luft. Jetzt schimmerten sie nur noch leicht hellgrün.

„Da hab ich – um Sternentänzers Zauberkräfte mal wieder auszuprobieren – gefragt, ob Nick eine Freundin hat.“

„Und?“

„Weißt du, wen ich mit Nick gesehen habe?“

„Keine Ahnung. Heidi Klum? Jeanette Biedermann? Britney Spears?“

„Nina! Ich hab gesehen, wie Nick und Nina im Stall standen und sich geküsst haben. Dabei sahen sie gerade eben eher so aus, als würden sie sich am liebsten an die Gurgel gehen.“

Lina zuckte die Achseln. „Dann hat sich Sternentänzer eben getäuscht.“

„Sternentänzer täuscht sich nicht. Zumindest früher

war es so." Carolin blickte nachdenklich Richtung Stall. „Wenn ich nur wüsste, was mit ihm los ist. Früher ist alles eingetroffen, was er gesehen hat. Alles, jede Kleinigkeit."

„Stimmt", nickte Lina. „Das mit meinem Onkel Rocco neulich war ja auch eher eine Nullnummer." Sie griff in die Jutetasche, die an ihrem Fahrradlenker baumelte, und zog ein Büschel Kräuter hervor. „Hab ich für Cinderella mitgebracht. Gibt Kraft, sagt Ami."

„Oh mein Gott!" Carolin sah Lina mit großen, vor Entsetzen geweiteten Augen an. „Du weißt es ja noch gar nicht."

„Was denn?"

„Cinderella ist entführt worden."

Angst um Sternentänzer

Je länger Carolin darüber nachdachte, desto sicherer war sie sich, dass Frank Stone hinter der Entführung steckte. Es passte alles zusammen, und am Tag zuvor war er noch auf dem Hof herumgeschlichen. *Warum aber hatte er Cinderella gestohlen und nicht Sternentänzer? Aus Versehen? War er farbenblind, hatte er schwarz und weiß verwechselt? Sicher nicht! Aber warum dann? Er konnte nicht wissen, dass Cinderella Sternentänzers Fohlen erwartete. Oder doch? Das würde aber bedeuten, dass er Lindenhain ständig beobachtet hatte.* Bei diesem Gedanken lief Carolin ein eiskalter Schauer den Rücken hinunter, obwohl die Sonne sie wärmte. Sie hockte im Gras und beobachtete die Pferde, die gemächlich vor sich hin grasten. Wie Farbtupfer bewegten sie sich in der Ferne von einem Grasbüschel zum anderen. Marhaba hüpfte wie ein übermütiges Wildpferd auf der Koppel herum. Die dicke Sophia arbeitete sich am Zaun entlang, weil es dort in der Regel das saftigste Futter gab. Ihr Kopf war kaum noch zu sehen, so tief war er im Gras versunken, ihre Schnauze badete in den Kräutern. Tinka, das braune und Jessy, das gescheckte Pony spielten miteinander und bäumten sich auf. Lilli, das schwarze, tobte mit einer Serie harter, kurzer Bocksprünge über die Weide. Ganz hinten schimmerten, im Licht des späten Nachmittags, weiß wie Schnee das helle, seidige Fell und die lange, seidige Mähne ihres Lieblings. Da stand er, Sternentänzer, langbeinig und zierlich, den Kopf erhoben, die Nüstern geweitet, die Ohren lauschend vorgekippt, die Augen ständig in Bewegung. Wie einem Bilderbuch entsprungen. Carolin platzte jedes Mal beinahe vor Stolz, wenn sie daran dachte, dass dieses herrliche Tier ihr gehörte.

Sie wusste nicht, wie lange sie im Gras gesessen und gedankenverloren die Pferde beobachtet hatte, als sie plötzlich eine Hand auf ihrem Rücken spürte. Carolin zuckte zusammen. Es war Lina. Im Schneidersitz ließ sie sich wortlos neben die Freundin plumpsen.

„Ich hab Angst, Lina", sagte Carolin statt einer Begrüßung mehr zu sich selbst, als zu Lina.

Lina streichelte mitfühlend über ihren Arm. „Wegen Cinderella? Kann ich gut verstehen."

„Ja. Aber auch wegen Sternentänzer."

Lina sah sie erstaunt an. „Warum das denn?" Sie legte die Hand über ihre Augen und guckte in die Ferne. „Wenn mich meine Augen nicht vollständig trügen, dann steht er dort hinten in voller Lebensgröße."

Carolin strich mit der flachen Hand gedankenverloren über die Grasspitzen. Es kitzelte ein wenig. „Ich glaube, Stone hat es auf ihn abgesehen."

„Also gut. Mal angenommen, du hast Recht und Stone steckt hinter der Entführung. Wenn er es, wie du sagst, tatsächlich auf Sternentänzer abgesehen hat, warum bitte schnappt er sich dann Cinderella und nicht gleich Sternentänzer? Das macht doch überhaupt keinen Sinn."

„Darüber denke ich auch schon die ganze Zeit nach", murmelte Carolin. „Moment mal!", rief sie dann und sprang auf. Mit einem Mal fiel es ihr wie Schuppen von den Augen.

„Ich hab's!", kreischte sie und hüpfte wie ein Gummiball auf und ab.

„Was?"

„Ganz einfach. Sternentänzer hatte er ja schon in seiner Gewalt, aber es ist ihm nicht gelungen, hinter sein Geheimnis zu kommen. Also hat er sich jetzt Cinderella gegriffen und will uns mit ihr erpressen!"

Lina legte die Stirn in Falten. „Glaub ich nicht. Er kann doch gar nicht wissen, dass Cinderella ein Fohlen von Sternentänzer bekommt."

„Verdammter Mist!" Carolin holte aus und trat vor Wut mit dem Fuß gegen den Holzzaun.

„Der Zaun kann nun wirklich nichts dafür", grinste Lina. Doch dann wurde sie nachdenklich. „Obwohl … mit einem hast du sicher Recht."

„Womit?"

„Wenn Stone hinter der Entführung stecken sollte ..."

„Natürlich, wer sonst?"

„... dann könnte Sternentänzer tatsächlich in Gefahr sein."

Als habe er ihre Worte verstanden, kam Sternentänzer mit hoch erhobenem Kopf, fliegender Mähne und bebenden Nüstern auf sie zu galoppiert und schmiegte sich zärtlich an seine Besitzerin.

„Lina", murmelte Carolin leise, während sie ihr Pferd liebkoste. „Ich könnte es nicht ertragen, wenn Sternentänzer etwas zustoßen würde."

„Dann müssen wir eben gut auf ihn aufpassen." Linas Augen blitzten unternehmungslustig. „Wir müssen ihn bewachen! Rund um die Uhr!"

Carolin seufzte. „Und wie bitte stellst du dir das vor?"

Lina überlegte. „Tagsüber ist die Gefahr nicht so groß. Und nachts müssen wir uns abwechseln. Jeder übernimmt eine Nachtschicht."

„Super Idee! Und was ich erzähl ich meiner Mutter? Ich kann nicht jede zweite Nacht verschwinden, ohne dass es irgendwann auffliegt und ich Riesenärger bekomme. Meine Mutter ist im Moment sowieso total ätzend drauf und brummt mir beim kleinsten Zuspätkommen bescheuerte Strafen wie Unkrautjäten auf. Die wäre fähig und würde mich wirklich noch ins Internat stecken."

„Das wäre echt voll doof", nickte Lina. Eine Weile ringelte sie ihre langen Locken um den Finger, so wie sie es immer tat, wenn sie nachdachte. Dann zog sich ein triumphierendes Lächeln von einem Ohr zum nächsten. „Du erzählst deiner Mutter einfach, dass du auf Lindenhain einen Kurs machen willst, einen speziellen ‚Pferde-putz-reit-schnupper-Fortbildungskurs' oder was weiß ich, und dass du dazu dort auch übernachten musst!"

Carolin verzog skeptisch das Gesicht. „Ob das klappt ..."

„Am besten wäre natürlich, Gunnar würde dir irgendein Stück Papier mitgeben mit seiner Unterschrift, was Offizielles ..."

„Könnte funktionieren!" Carolin wollte auf der Stelle zu Gunnar ins Büro fetzen, doch Lina hielt sie am Jackenärmel zurück. „Du Caro, warte, ich muss dir noch was erzählen ...", begann sie.

Carolin sah die Freundin an und bemerkte erst jetzt das geheimnisvolle Glitzern in ihren schönen grünen Augen. Lina kramte aus ihrer Rocktasche eine Postkarte. *Coogee Beach – Sydney – New South Wales* war auf der Vorderseite zu lesen. Dahinter war ein blendend weißer Strand voller Menschen abgebildet, die sich auf Handtüchern in der Sonne aalten.

„Wow, Australien", staunte Carolin. „Wen kennst du denn da?"

„Niemanden", sagte Lina und strahlte dabei über das ganze Gesicht.

„Und deshalb grinst du wie ein Honigkuchenpferd?"

Lina drückte die Postkarte ganz fest an ihr Herz. „Diese Postkarte, die ist von Onkel Rocco!“, flüsterte sie beinahe andächtig.

„Nein!“, staunte Carolin.

„Jaha!“

Carolin nahm die Freundin in den Arm. „Lina, das freut mich so für dich. Ich weiß doch, wie sehr du die ganzen Jahre auf ein Lebenszeichen von deinem verschollenen Onkel gehofft hast!“

„Er lebt, er hat mich nicht vergessen!“, freute sich Lina.

„Lass mal sehen, was schreibt er denn?“

Lina drehte die Postkarte um und hielt sie Caro vor die Nase.

Meine liebe kleine Nichte Lina. Obwohl, klein bist du ja inzwischen bestimmt nicht mehr. Sorry, dass ich mich so lange nicht bei dir gemeldet habe, aber es ging nicht. In Gedanken aber war ich immer bei dir. Bestimmt bist du jetzt schon eine wunderhübsche junge Dame und ich würde dich gar nicht mehr wieder erkennen. Ich hoffe, du hast mich nicht ganz vergessen. Dein Onkel Rocco.

„Das klingt ja beinahe ein bisschen so, als würde er kommen!“, rief Caro.

Lina hatte wenig Hoffnung. „Ich weiß nicht, hast du eine Ahnung, wo Australien liegt … Am anderen Ende der Welt!“

„Stimmt“, nickte Carolin. „Aber jetzt weißt du wenigstens, dass es ihm gut geht, und dass er an dich denkt.

In der Nacht erwachte Carolin von einem merkwürdigen Rascheln zu ihren Füßen. Eilig tastete sie nach der Taschenlampe. Als sie die anknipste, fiel der Lichtschein auf eine kleine graue Maus, die hingebungsvoll an einer schon etwas vergammelten Möhre knabberte. Carolin sprang auf und drückte sich ganz eng gegen die Stallmauer.

„Ihhhhhh!!!“, kreischte sie erst lauthals, dann hielt sie sich schnell die Hand vor den Mund, um nicht ganz Lindenhain aufzuwecken. Das Mäuschen schien sich an ihrem hysterischen Geschrei überhaupt nicht zu stören, es knabberte fröhlich weiter. Rasch packte Carolin ihre Decken zusammen und zog um in Sternentänzers Box. Sie hatte die erste Sternentänzer-Bewachungs-Nachtschicht übernommen. Um vor den Hufen sicher zu sein hatte sie es vorgezogen, ihr Lager vor seiner Box in der Stallgasse aufzuschlagen, doch das war wohl keine so gute Idee gewesen. Der Gedanke, dass sich eine Maus in ihrem Bett einnistete, war nicht besonders lustig. Carolin bereitete sich ein dickes weiches Strohbett und rollte sich in ihre Decke. Sie war so müde, dass sie gleich darauf einschlief und erst wieder erwachte, als sie etwas Feuchtes, Schlabberiges an ihrem Knöchel spürte. Keine Sekunde später blies ihr warmer Atem ins Gesicht. Sternentänzer war offenbar der Ansicht, dass es höchste Zeit war aufzustehen.

„Nur ein paar Minuten noch, Sternentänzer", murmelte sie schlaftrunken und kuschelte sich in ihr Strohbett. Doch der Hengst war unerbittlich. Mit seinen Nüstern strich er über die nackte Haut ihres Fußes, schnupperte an ihren Beinen entlang bis zum Bauch. Carolin musste kichern. „Hör auf! Das kitzelt!"

Doch Sternentänzer dachte gar nicht daran. Erst schnaubte er tief, dann stupste er sie in die Seite. Als das alles nichts nützte, begann er genüsslich an ihrem T-Shirt rumzuknabbern.

Carolin setzte sich auf und reckte sich. „Du hast gewonnen. Guten Morgen, Sternentänzer", murmelte sie, rieb sich den Schlaf aus den Augen und sah auf die Uhr. Erst fünf. „Boah!", gähnte Carolin, „Du bist ja schlimmer als jeder Wecker! Jedenfalls komm ich bei dir bestimmt niemals zu spät in die Schule!" Sternentänzer war bereits putzmunter. Als sie endlich stand, schnupperte er erst interessiert an ihren Taschen, dann schabte er mit seinen Zähnen über ihre Handfläche. Carolin kicherte. „Du hast Hunger, mein Süßer!" Sie packte einen Eimer voll Hafer und Äpfel und stellte den vor ihn hin. „Bitte sehr, der Herr, einmal Frühstück im Bett!"

„Was machst du denn hier?" Es war Gunnar, der laut polternd in Sternentänzers Box stiefelte und natürlich nach einem schnellen Blick auf Carolins zerknitterte

Klamotten und das Stroh in ihren Haaren sofort checkte, dass sie im Stall geschlafen hatte.

„Ich …“, begann sie zaghaft.

„Du weißt ganz genau, dass ich nicht will, dass jemand im Stall schläft!“, unterbrach sie Gunnar, der jetzt richtig wütend war.

„Ich wollte doch nur Sternentänzer bewachen“, brummelte Carolin kleinlaut.

„Kommt ja überhaupt nicht in Frage“, knurrte Gunnar, inzwischen schon eine Spur freundlicher.

„Was, wenn er auch entführt wird …“

Gunnar hielt ihr die Boxentür auf. „Komm erst mal raus hier. Ich spreche mit Vicky und Nick und bitte sie, dass wir abwechselnd nachts eine Runde machen, um nach dem Rechten zu sehen. Einverstanden?“

Carolin nickte. Im Grunde war sie heilfroh über diese Lösung, denn die Nacht im Stall war alles andere als bequem gewesen.

In der großen Pause war Tina fällig. Die letzten Tage hatte sie sich den neugierigen Fragen der anderen erfolgreich durch Abwesenheit entzogen. Mit dem letzten Gongschlag war sie ins Klassenzimmer gefegt, mit dem ersten wie der Blitz verschwunden. In den Pausen war sie unauffindbar gewesen, obwohl Julia und Heike das gesamte Schulgelände durchkämmt hatten. Auch während des Unterrichts war nichts zu machen gewesen. Tina schwieg so hartnäckig, als wäre ihr Mund mit einem Klebestreifen zugepappt, und so machten natürlich schon die wildesten Spekulationen die Runde.

„Ich wette, sie wurde von einem steinreichen arabischen Scheich verschleppt und bei Wasser und Brot eingesperrt, um sie gefügig zu machen“, lautete Julias Theorie.

„Vielleicht hat sie eine schlimme Krankheit?“, überlegte Heike besorgt.

Luisa, deren Mutter Krankenschwester war, mutmaßte: „Möglicherweise hat sie sich den Magen verkleinern lassen und mag nicht darüber reden, vermutet meine Mama übrigens auch!“

„Jetzt hab ich's“, meldete sich noch einmal Julia. „Das ist gar nicht unsere Tina, das ist ihre Zwillingsschwester. Die beiden ziehen hier so was ab wie das doppelte Lottchen! Unsere Schokoriegel-Tina geht in New York auf eine Privatschule und mampft Blueberry-Muffins!“

„Es gibt nur eine Möglichkeit, das herauszufinden, wir müssen sie fragen“, war Caros Ansicht. Auch sie war schon höchst gespannt auf Tinas Erklärung.

Heute also hakten sich Julia und Heike mit dem Klingelton zur Pause bei Tina unter. Luisa bildete die Vorhut, Carolin und Lina sicherten die Hinterseite. Wäre doch gelacht, wenn sie nicht Tinas Diätgeheimnis knacken würden! Die Clique zog sich in die hinterste Ecke des Pausenhofs zurück und bildete einen Kreis um Tina.

„Also, dann schieß mal los!", forderte Julia sie auf. „Und wir wollen jede Kleinigkeit wissen."

Tina zuckte die schmal gewordenen Schultern. „Da gibt's nichts zu wissen", meinte sie und grinste dabei so breit wie ein Breitmaulfrosch.

Irgendwie hatte Carolin Julias Geschichte von dem doppelten Lottchen doch zu denken gegeben und sie studierte jeden Zug in Tinas Gesicht. Alles war noch am alten Platz, die beiden Grübchen in den jetzt nicht mehr so feisten Wangen, die lustigen blauen Augen, die süße Stupsnase.

„Komm schon, wie heißt er?"

„Wer?"

„Na dein Schwarm, der Mann, der die Polster zum Schmelzen brachte, der süßer ist als eine Tüte Gummibären, dessen Küsse leckerer sind als Ferrero Küsschen …"

Tina sah Julia an. „Mann, Julia, du hast je echt nichts anderes im Kopf, oder? Kein Junge, kein Geheimnis, meine Mutter hat mich in Abspeckferien geschickt, das ist alles." Sie verdrehte die Augen. „Das war vielleicht stressig. Aufstehen, Knäckebrot, Aerobic, Kräutertee, Schwimmen, Gemüsebrühe, Joggen, Karottennagen", zählte sie auf und schüttelte sich. „Ihhgitt!"

„Ach so", machte Julia enttäuscht. „Und ich dachte, wir hören jetzt die Love-Story des Jahres."

„Na ja", Tina zwinkerte geheimnisvoll. „Ohne meinen Mo hätte ich das Horrorprogramm niemals durchgehalten."

„Also doch!" Julia klatschte zufrieden in die Hände.

„Erzähl doch mal, wo hast du ihn kennen gelernt, wie sieht er aus?", drängelte Heike.

„Moritz ist supersüß. Wir haben uns am zweiten Tag getroffen und wenn er nicht gewesen wäre, dann wäre ich da nie im Leben geblieben. Aber er war immer für mich da, wir haben stundenlang gekuschelt ..."

„Hört, hört!", unterbrach sie Julia aufgeregt.

„Wie sieht er denn aus?", wollte jetzt auch Caro wissen.

„Er hat die allerschönsten schwarzen Knopfaugen der Welt, auch sonst ist er eher dunkel."

„Ein Ausländer? Spanier? Italiener?", vermutete Julia.

Tina zuckte die Achseln. „Keine Ahnung, wo er herkommt. Ist mir aber auch schnurzpiepegal."

Jetzt guckte Julia etwas skeptisch. „Wie alt ist der denn? Ich meine, man hat doch schon so viel über Männer gehört, die sich an junge Mädels ranmachen, nur um sie später wieder fallen zu lassen ..."

Tina schüttelte vehement den Kopf. „Das kann mir mit meinem Mo bestimmt nicht passieren! Nie im Leben!"

Julia hob warnend den Zeigefinger. „Das sagen vorher immer alle. Am besten, Tina, du stellst ihn uns vor und wir checken ihn zusammen ab."

„Seid ihr richtig zusammen?", wollte Heike dann wissen.

„Ich hoffe doch! Aber ich bin eigentlich schon sehr sicher, dass wir lange zusammen sein werden."

Julia sah Tina von der Seite an. Sie witterte offenbar

eine Sensation. „Gib ihm bloß kein Geld, hörst du, Tina? Und unterschreib nichts für ihn! Und wenn er dir erzählt, dass seine Eltern im Sterben liegen, glaub es nicht!“ Sie schüttelte den Kopf. „Ich hab da schon die irrsten Storys gelesen.“

Nach Julias Schauergeschichten machte sich jetzt langsam auch Carolin Sorgen um die Freundin. „Was sagen eigentlich deine Eltern zu ihm?“, erkundigte sie sich.

Tina strahlte. „Die sind zum Glück hellauf begeistert. Da hatte ich am Anfang auch große Bedenken. Ich dachte, wenn meine Mutter allergisch reagiert, kann ich die Sache sowieso knicken.“

„Na ja, wenn ihn deine Eltern gut finden, kann er ja nicht so verkehrt sein“, meinte Carolin einigermaßen beruhigt.

Luisa nahm Tina in den Arm. „Ach Tinalein, ich freu mich jedenfalls so für dich. Du strahlst richtig, wenn du von ihm sprichst.“

„Und wo ist dein Mo jetzt? Wann wirst du ihn wieder sehen? Wann werden wir ihn sehen?“ Heike war auch völlig aufgeregt.

„Wo er jetzt ist?“ Tina legte die Stirn in Falten. „Bei mir zu Hause und schläft.“

„Seht ihr!“ Julia hopste aufregt in die Höhe. „Sag ich doch. Hat sich schon bei ihr eingenistet und liegt auf der faulen Haut.“ Sie zerrte an Tinas Shirt. „Er muss arbeiten gehen, oder irgendetwas tun. Du kannst nicht zulassen, dass er auf Kosten deiner Eltern lebt!“.

Heike nickte zustimmend.

Dann fiel Julia noch was ein. „Sag mal, spricht er denn deutsch? Kann man ihn überhaupt verstehen?“

Tina schüttelte den Kopf. „Nicht ein einziges Wort.“

„Puh!“, Julia schnappte nach Luft. „Ja, und wie verständigt ihr euch dann?“

Tina legte den Arm um Carolin und zwinkerte verschwörerisch. „Man braucht nicht immer Worte, stimmt's Caro? Du verstehst dich ja auch mit deinen Pferden ...“

Carolin nickte. „Schon, aber ...“ Ein bisschen spanisch kam ihr die Sache mit Tinas neuem Lover jetzt doch vor. Und wenn Julia Recht hatte und sie der Typ nur ausnutzen wollte?

„Aber was macht ihr dann den ganzen Tag?“, wollte Julia wissen, die jetzt bereits einen knallroten Kopf hatte vor Aufregung. „Ihr könnt nicht fernsehen, nicht ins Kino, weil er da nichts versteht ...“ Sie hielt einen Moment inne. „Hat er denn Geld?“, fragte sie dann ganz direkt.

„Keinen Cent.“

„Wie langweilig. Dann könnt ihr ja nicht einmal shoppen!“

Tina verdrehte schwärmerisch die Augen. „Wir schmusen, er kuschelt sich an mich, wir liegen eng zusammen ...“

„Oh mein Gott!“, jetzt bekam Julia sogar Schluckauf. „Sag mal, habt ihr etwa ...?“

„Haben wir was?“ Tina stellte sich dumm.

„Habt ihr etwa ...", Julia senkte die Stimme, „... schon zusammen in einem Bett übernachtet?", flüsterte sie kaum noch hörbar und sah zu komisch aus, wie sie da stand, von Schluckauf geschüttelt und mit vor Entsetzen weit aufgerissenen Augen.

Da konnte Tina nicht mehr an sich halten und platzte los. „Julia, Mo ist ein Kater!"

Die Frau mit den Husky-Augen

„Zwick mich!“, kreischte Carolin, als sie nach der Schule mit Lina nach Lindenhain kam.

„Bitte, wenn du drauf bestehst!“, kicherte Lina und drückte ihre Finger tief in Carolins Arm.

Die zuckte zusammen. „Autsch! Nicht so heftig! Da! Stone ist hier“, sagte sie und stellte ihr Bike ab.

„Ach nee“, machte Lina.

„Gerade eben in Gunnars Büro verschwunden.“

„Aber das heißt doch …“

„Dass sie Cinderella gefunden haben, genau!“, jubelte Carolin und wollte gleich in den Stall stürzen.

In diesem Moment streckte Gunnar den Kopf aus dem Büro und winkte Carolin zu sich. „Dachte ich mir doch, dass ich deine Stimme gehört habe! Du kommst wie gerufen!“

Carolin deutete mit dem Finger Richtung Bürofenster. „Ist das Stone da drin?“

Gunnar nickte. „Deswegen hätte ich dich gerne bei dem Gespräch dabei, komm mit!“

Verschüchtert folgte Carolin Gunnar. *Eigentlich hab ich nicht die geringste Lust, diesem Monster gegenüberzustehen*, dachte sie. *Andererseits, wenn damit der Albtraum endlich beendet ist …*

„Guten Tag, junges Fräulein“, sagte Stone ganz höflich. Er trug einen dunklen Anzug mit gestreifter Krawatte, sah richtig vornehm aus.

„Tja“, machte Gunnar. „Sie beide kennen sich ja schon.“ Er deutete auf eine Frau, die neben Stone stand. „Und das ist Elisabetta Demuro, die Anwältin von Herrn Stone. Frau Demuro, das ist Carolin Baumgarten, die Besitzerin von Sternentänzer.“

Artig gab Carolin der Frau die Hand. „Guten Tag.“ Stone dagegen würdigte sie keines Blickes. Es gab nur eine einzige Sache, die sie interessierte: „Wo ist Cinderella?“

„Tja“, machte Gunnar wieder. „Herr Stone behauptet, mit dem Verschwinden des Pferdes nichts zu tun zu haben.“

„Er lügt!“, fauchte Carolin.

Stone blickte sie an mit einem breiten, ekligen Grinsen in seinem feisten Gesicht. Er sah wie der Clown in ihrem Albtraum aus. „Sieh mal, Mädchen. Ich bin extra hierher gekommen, weil ich wusste, dass du mir die Schuld in die Schuhe schieben würdest. Aber ich kenne dieses Pferd überhaupt nicht, welches Interesse sollte ich daran haben, es zu entführen?“

„Weil Sie Sternentänzer auch schon entführt haben“, zischte Carolin. *Ich glaub dir kein Wort, du miese Ratte!*, dachte sie wütend.

„Aber Mädchen, das war doch etwas anderes. Sternentänzer war mal mein Pferd. Ich hatte Sehnsucht nach ihm. Es war Unrecht, was ich getan habe, aber schließlich habe ich dafür meine Strafe bekommen – wie du weißt. Ich hab Mist gebaut, bestimmt ist dir das auch schon mal passiert."

Carolin war kurz davor zu platzen vor Wut. „Und warum kommen Sie dann mit einer Rechtsanwältin an, wenn Sie so unschuldig sind?"

Diesmal antwortete Gunnar. „Herr Stone war sich sicher, dass du ihn verdächtigen würdest, und daher hat er sich abgesichert."

„Wo haben Sie Cinderella hingebracht?", fauchte Carolin in seine Richtung. „In so einen düsteren Verschlag wie damals Sternentänzer?" Und zu Gunnar. „Glaub ihm kein Wort!"

Das breite Grinsen in Stones Gesicht wurde noch breiter. Er wandte sich an Gunnar. „Sehen Sie, ich wusste doch, dass mich dieses verrückte Mädchen beschuldigen würde."

„Hast du denn eigentlich Beweise für deine Behauptung?", mischte sich nun Elisabetta Demuro ein. Sie war wohl Mitte bis Ende dreißig, trug ein schlichtes blaues Kostüm, einen hellbraunen Pagenschnitt und sah eigentlich vollkommen unauffällig aus. Ihr Gesicht war so blass, als würde sie niemals in die Sonne gehen. Das einzig Bemerkenswerte an ihr waren ihre hellblauen Augen, die sie dick mit schwarzem Kajal umrundet hatte. *Fast wie die Augen eines Huskys*, dachte Carolin.

„Na ja, nein, eigentlich nicht", stammelte Carolin.

„Ich habe mit der Angelegenheit wirklich nichts zu tun", beteuerte Stone und sah Gunnar jetzt mit einem Dackelblick an.

„Und wo bitte soll Cinderella dann stecken?", fragte Carolin mittlerweile schon den Tränen ziemlich nahe.

Gunnar setzte sich hinter seinen Schreibtisch. „Die Reifenbachs sind ziemlich wohlhabend, vielleicht will jemand Lösegeld für das Pferd erpressen."

„Na also, da haben wir doch schon die Erklärung", stimmte Stone hastig zu. „So wird es sein."

„Tja, dann haben wir wohl alles geklärt", meinte Frau Demuro und streckte Gunnar die Hand hin. „Auf Wiedersehen, Herr Hilmer."

Carolin preschte wortlos an den beiden vorbei hinaus auf den Hof. Sie hatte keine Lust auf eine versöhnliche Verabschiedung. *Ich hasse ihn, ich hasse ihn, ich hasse ihn! Dass diese fiese Ratte Cinderella gestohlen hat, ist ja wohl sonnenklar!*, dachte sie wutentbrannt.

Gerade als sie Sternentänzer aus dem Stall auf die Weide bringen wollte, hörte sie hinter sich auf dem Kopfsteinpflaster klappernde Absätze, die immer näher kamen. Carolin ließ sich nicht beirren und ging weiter, ohne sich umzudrehen.

Keine zwei Minuten später standen die klappernden Absätze hinter ihr.

„Ach, Carolin", es war die Stimme von Frau Demuro. „Einen Moment, bitte."

Carolin reagierte nicht.

„So warte doch bitte mal!“

„Was denn noch?“ Missmutig drehte sich Carolin um. *Willst du mir jetzt sagen, dass ich eine Klage an den Hals bekomme, wenn ich noch einmal behaupte, Stone habe Cinderella entführt?*

Doch es kam ganz anders. Frau Demuro sah sie mit ihren gletscherblauen Augen mitfühlend an.

„Ich verstehe deinen Missmut“, sagte sie dann in dem Ton, in dem eine Mutter mit ihrem quengelnden Kind spricht. „Ich kenne Herrn Stones Vorgeschichte und kann sehr gut verstehen, dass du ihn verdächtigst!“

„Ja und?“

Frau Demuro senkte verschwörerisch ihre Stimme und zwinkerte ihr zu, als würden sie sich schon mindestens zehn Jahre kennen. „Ich verspreche dir, dass ich ihn im Auge behalten werde. Du kannst dich auf mich verlassen!“

Carolin fiel aus allen Wolken und starrte Frau Demuro ungläubig an. Sollte die etwa auf ihrer Seite sein?

„Und wenn mir etwas Verdächtiges auffällt, werde ich dich unverzüglich informieren, einverstanden?“ Sie zwinkerte Carolin erneut verschwörerisch zu. Dann fiel der Blick ihrer Husky-Augen auf Sternentänzer. „Schönes Pferd hast du da. Wirklich ganz wunderbar.“ Sie hob die Hand um ihn zu streicheln, doch Sternentänzer schien plötzlich nervöse Zuckungen zu bekommen. Er bewegte seinen Kopf hin und her, als wollte er einen Schwarm Mücken vertreiben. Mit seinen Hufen tänzelte er, als wäre er eine Ballerina und müsste er für einen Tanzmarathon proben.

„Schschscht!“, versuchte Carolin ihn zu beruhigen, doch Sternentänzer wurde nur noch zappeliger. „Hat wohl schlecht geschlafen“, entschuldigte sich Carolin. „Außerdem fehlt ihm seine Cinderella.“

„Ein außergewöhnlich schönes Pferd!“, wiederholte Husky-Auge und machte Anstalten zu gehen.

„Und warum sollten Sie das tun? Ich meine, mir helfen?“, erkundigte sich Carolin ungläubig.

„Weil ich für die Gerechtigkeit und die Wahrheit kämpfe“, erklärte Frau Demuro, drehte sich um und klapperte mit ihren Absätzen davon.

„Hohoho!“ Sternentänzer zappelte immer noch herum wie Zappelphilipp vor einer Schüssel Suppe und schien sich gar nicht mehr einzukriegen. „Was ist denn mit dir? Beruhige dich doch! Ich weiß ja, dass du dir Sorgen um deine Cinderella machst. Aber ich verspreche dir, dass wir sie finden werden.“

Wenn Carolin allerdings genau aufgepasst hätte, wäre ihr aufgefallen, dass sich Sternentänzer erst in dem Moment wieder beruhigte, als Elisabetta Demuro vom Hof fuhr.

Caros Plan

Seit Cinderellas Verschwinden überlegte Carolin jeden Morgen vor der Schule, ob sie nicht einfach auf krank machen sollte. Magenschmerzen haben. Von wilden Bauchkrämpfen geschüttelt werden. Sie hatte ja auch wirklich Magenschmerzen und schaffte es überhaupt nicht mehr, sich zu konzentrieren. Sie fühlte sich so hilflos. *Wo könnte Cinderella sein? Wo könnte ich sie suchen?*, fragte sie sich immer wieder, doch sie fand keine Antwort. Die nähere Umgebung hatten sie schon abgecheckt, umsonst. Stone musste sie weiter weg gebracht haben. Bei diesem Gedanken krampfte sich ihr Magen erneut zusammen. Doch blaumachen ging nicht. *Wenn es mir so schlecht geht, dass ich nicht in die Schule kann, lässt mich Ines am Nachmittag nie im Leben nach Lindenhain*, kalkulierte sie. Also schleppte sie sich tapfer in die Schule und versuchte, die Tage einigermaßen zu überstehen.

Zu allem Überfluss entpuppte sich Armin Pfefferbeißer mehr und mehr als hundsgemeine Nervensäge, die mit aller Macht versuchte, ihnen das Leben so schwer wie möglich zu machen. Mit Hausaufgaben ohne Ende. „Ich muss euch doch für die weiterführenden Schulen vorbereiten", hieß das bei ihm. Auch heute war wieder so ein „Pfefferbeißer-Hausaufgaben-Tag" und Carolin brütete stöhnend über ihrem Heft. Dabei war in ihrem Kopf nun wirklich kein Platz mehr für Zahlen oder Buchstaben. Der Gedanke daran, dass Cinderella trächtig und ganz allein irgendwo umherirrte, brachte sie beinahe um den Verstand. Sie war heilfroh, als endlich Lina anklopfte und sie einen Grund hatte, das Heft in die Ecke zu feuern.

„Bist du schon fertig mit den Hausis?", fragte Carolin gequält.

Lina hockte sich aufs Bett. „So lala. Den Rest mach ich später."

Caro seufzte. „Du hast es gut. Bei dir macht wenigstens niemand einen Aufstand, wenn mal was schief geht!" Ines dagegen drohte beinahe täglich, ihr die Besuche auf Lindenhain zu streichen, falls ihre Noten noch tiefer in den Keller rutschen sollten.

„Aber …" Carolin stand vom Schreibtisch auf und zog die Schultern zurück. „Schließlich gibt es Wichtigeres zu tun. Ist dir denn was eingefallen?"

„Hier", Lina holte einen zerknüllten Zettel aus ihrer Hosentasche. „Lies."

Wer hat eine besonders schöne, schwarze Araberstute gesehen, die trächtig ist? Bitte ganz dringend melden! Es geht um Leben und Tod!

Lina sah sie erwartungsvoll an. „Na? Und? Was hältst du davon?"

Carolin überlegte. „Dass eine Belohung winkt, sollten wir noch dazuschreiben! Erhöht die Chance, dass sich jemand meldet."

„Ist das so?"

„Ich glaube schon. Ach, und eine Telefonnummer brauchen wir noch."

„Stimmt", nickte Lina und schnappte sich einen Kugelschreiber. „Deine?"

Carolin überlegte. „Vormittags ist bei uns niemand zu Hause. Am Nachmittag oft auch nicht."

Lina trommelte mit dem Stift auf das Papier. „Dann am besten die Nummer von Lindenhain? Gunnar ist immer im Büro und wenn nicht, hat er seinen Anrufbeantworter an."

„Genau. Gib mir den Stift." Carolin schrieb die Nummer dazu und zog ihre Jacke vom Bügel. „Am besten, wir bringen das jetzt gleich zur Zeitung, dann steht es vielleicht schon in der morgigen Ausgabe."

„Und dann kopieren wir es hundertmal und hängen es an alle Bäume!", schlug Lina vor.

Carolin nickte begeistert. „Gute Idee. Und an alle Häuser und Geschäfte …"

„Und ans schwarze Brett in der Schule."

„Dann mal los!"

„Warte mal, Caro." Lina hielt sie zurück. „Anzeigen und Kopien sind bestimmt nicht billig. Hast du denn Geld? Also, ich nicht!"

Carolin kramte in ihrer Jackentasche und legte eine Hand voll Cent auf den Tisch, ein paar Euro fanden sich auch noch in ihrer Jeanstasche. „Wird wohl nicht ganz reichen“, seufzte sie.

Lina ringelte ratlos ihre langen Locken um den Zeigefinger. „Und was machen wir jetzt?“

Carolin überlegte. „Ich hab ein Sparschwein ... komm mit!“ Sie packte Lina am Arm und zog sie die Treppe runter ins Wohnzimmer. Dort packte sie das hellblau geblümte Porzellanschwein, das im Wohnzimmerschrank stand, und schüttelte es hin und her. „Klingt doch ganz gut!“, meinte sie zufrieden.

„Hast du denn einen Schlüssel?“

„Schlüssel? Nee. Aber ...“, Carolin überlegte einen kurzen Moment, dann knallte sie das Porzellanschwein mit voller Wucht auf den Boden. „In Notfällen müssen Schweinchen eben geschlachtet werden.“ Das Porzellan zerbarst in tausend kleine Scherben.

Lina zuckte zusammen. „Wird deine Mutter da nicht sauer sein?“

Carolin sammelte zufrieden die Eurostücke und die Scheine zusammen. „Müsste für die Anzeige und fürs Kopieren reichen. Das ist ein echter Notfall. Ines wird Verständnis haben.“

Hatte sie nicht. Überhaupt nicht. Überhaupt gar nicht. Als Carolin am Abend die Haustür aufschloss, es war schon sehr spät, zischte ihr sogleich Ines’ Stimme entgegen. „Ich dachte schon, du kommst überhaupt nicht mehr“, knurrte sie, sie war auf Hundertachzig. Mindestens. „Darf man wohl erfahren, wo du so lange gesteckt hast?“ Mit bedrohlich langsamen Schritten kam sie ihr aus dem Wohnzimmer entgegen. Sie war noch in voller Montur: Hosenanzug, geschminktes Gesicht, war wohl eben erst von der Arbeit zurückgekommen. Zwischen Daumen und Zeigefinger hielt sie eine hellblau geblümte Porzellanscherbe von dem Sparschweinchen, die sie anklagend hin und her baumeln ließ.

„Also, Mama“, begann Carolin atemlos. „Es war so: Du weißt doch, dass Cinderella verschwunden ist. Wir, also Lina und ich, wir mussten doch was unternehmen, also haben wir eine Suchanzeige in der Zeitung aufgegeben, jede Menge Kopien gemacht, sie in der ganzen Stadt verteilt und …“

„Und was ist das, Carolin?“, unterbrach sie Ines barsch und hielt die Scherbe in die Luft.

„Das ist … das war …“, begann Carolin zu stottern.

„Dein Sparschwein, ich weiß.“ Ines' Stimme war eiskalt. Ihre Augen waren zusammengekniffen. Sie war offenbar supersauer.

„Ich brauchte aber doch …“

„Wir waren uns doch einig, dass dieser Notgroschen nicht angegriffen wird!“, giftete sie.

„Ich weiß, aber …“

„Kein aber. Du hörst in letzter Zeit überhaupt nicht mehr auf das, was ich sage! Da kann ich genauso gut mit dem Apfelbaum draußen im Garten reden, oder mit einem Pferd!“

„Ich …"

„Und außerdem hast du schon seit einer Ewigkeit nicht mehr dein Zimmer sauber gemacht, du räumst nichts auf, lässt alles einfach rumliegen. Das ganze Haus stinkt schon wie ein Pferdestall. Ich hab weiß Gott anderes zu tun, als dir ständig nachzuräumen. Ich bin doch nicht deine Putzfrau!", schimpfte sie wütend.

„Aber …"

„Du rührst keinen Finger zu Hause, von deinen Leistungen in der Schule wollen wir jetzt mal gar nicht reden!" Sie machte eine Pause. „Weißt du, langsam frage ich mich, ob es richtig war, dir zu erlauben Sternentänzer zu behalten. Aber das können wir ja auch jederzeit ändern!"

„Mama! Du bist gemein!", schrie Carolin auf. Jetzt war es langsam auch um ihre Beherrschung geschehen. „Und du hast schon seit Ewigkeiten nicht mehr gekocht, du hängst nur noch vor dem Computer, ich bin dir doch völlig egal! Sternentänzer ist wenigstens für mich da!", schrie sie ihre Mutter an. Sie wusste natürlich, dass dem nicht so war, doch sie wollte jetzt nur eines: Ines verletzen.

Ines senkte den Kopf. „Geh auf dein Zimmer, ich will dich heute nicht mehr sehen", sagte sie dann mit leiser Stimme.

Carolin rannte wie der Blitz die Treppe hoch und knallte die Tür hinter sich zu. Sie ließ sich auf ihr Bett fallen und starrte auf das Poster des schönen Araberhengstes, das an ihrer Tür hing. Ines war in letzter Zeit ständig gereizt. Die kleinste Kleinigkeit reichte und sie flippte aus. Aber es gab Situationen im Leben, da konnte man als Tochter einfach keine Rücksicht auf die Nerven der Mutter nehmen. Und dies war genau so eine. Sie musste Cinderella finden. Musste etwas unternehmen, so viel war klar. Sie kramte ihren Mondkalender unter dem Bett hervor. Dabei fiel ein Zettel auf den Boden, auf dem stand: *In einer stürmischen Vollmondnacht schlägt ein Blitz in eine jahrhundertealte Eiche und eine Sternschnuppe fällt vom Himmel. Im gleichen Moment wird ein wunderschöner Schimmel mit einem kleinen schwarzen Stern auf der Stirn geboren. Dieser Schimmel, schön wie der junge Morgen, verfügt über außergewöhnliche Kräfte, er kann in die Zukunft blicken. Doch seine magischen Kräfte erfährt nur, wer sein Vertrauen besitzt.*

Es war der Zettel aus der Bücherei. Durch ihre Recherche hatte sie von Sternentänzers magischen Fähigkeiten erfahren. Carolin steckte das Stück Papier wieder zurück in den Kalender und seufzte tief. Noch eine ganze lange Woche bis Vollmond.

Der Vollmondritt

Am Vollmondtag schüttete es wie aus Kübeln. Als würde dort oben jemand mit einem Gartenschlauch sitzen und runterspritzen. Mit bangem Blick starrte Carolin den ganzen Tag beschwörend aus dem Fenster, doch es war nichts zu machen. Es regnete, als würde die Sintflut eingeleitet. Gegen Nachmittag schien der graue Himmel ein wenig aufzureißen, zeitweise hörte es sogar ganz auf zu regnen. Doch schon kurze Zeit darauf öffnete der Himmel wieder seine Schleusen. Carolin brütete in ihrem Zimmer über den Hausaufgaben, kaute an ihrem Bleistift und seufzte tief. Nicht gerade der ideale Tag für einen Vollmondritt. Außerdem stand sie mit Ines seit der Sparschwein-Geschichte immer noch auf Kriegsfuß. Genau genommen hatten sie seit dem Abend kaum mehr miteinander gesprochen als „guten Morgen“, „gute Nacht“ oder „guten Appetit“. Einen heimlichen Ausritt konnte sie also auf gar keinen Fall riskieren. Deswegen hatte sie Ines angelogen, ihr erzählt, sie würde bei Luisa übernachten, weil sie noch bis spätabends für die anstehende Mathearbeit pauken wollten. Carolin seufzte erneut und tastete nach ihrer Nase. *Müsste eigentlich schon so lang sein wie ein Baseballschläger*, dachte sie nicht ohne Schuldgefühle. Aber es musste sein. Es ging um Cinderella und ihr Fohlen. Es ging um Leben und Tod. *Es gibt keine andere Möglichkeit mehr*, überlegte Carolin und verzog den Mund, weil sie inzwischen schon auf dem Blei in ihrem Stift herumkaute. Die Polizei hatte alles erfolglos abgesucht, weder auf die Steckbriefe noch auf die Anzeige in der Zeitung hatte sich jemand gemeldet. Nur Sternentänzer konnte noch helfen.

Gegen Abend gesellte sich zu dem Regen auch noch ein fetter Sturm. Carolin schlüpfte in ihre Regenjacke, zerrte die Kapuze bis in die Stirn. Gerade als sie starten wollte, schloss Ines die Haustür auf. Mist!

„Weißt du was, ich fahr dich schnell rüber zu Luisa, dann wirst du nicht so nass", sagte sie und lächelte. Sollte dem Ton nach wohl so was wie ein Friedensangebot sein.

„Nein, Mama, das ist echt nicht nötig, kein Problem! Die paar Meter."

Ines sah sie streng an. „Du bist patschnass bis du dort bist und ich kann mir nicht vorstellen, dass sich Luisas Mutter darüber freut, wenn du so ankommst und ihr den ganzen Teppich ruinierst."

„Luisas Mutter ist gar nicht da …", rutschte Caro heraus.

„Aha“, machte Ines.

„... noch nicht, sie kommt erst etwas später. Sie muss vorher erst ihren kranken Vater besuchen, aber dann kommt sie“, korrigierte sich Carolin rasch. *Ich rede mich hier um Kopf und Kragen.*

„Los, zieh die Klamotten aus, ich fahr dich. Und keine Widerrede, Fräulein!“, bestimmte Ines jetzt und setzte ihren Widerspruch-ist-vollkommen-zwecklos-Blick auf.

„Aber ich sollte doch mein Rad mitbringen, das haben wir so ausgemacht.“

Ines blickte sie entgeistert an. „Warum das denn?“

„Weil ... wir wollten noch eine Radtour machen“.

„Am Abend? Bei dem Wetter? Und außerdem, ihr wolltet doch Mathe lernen!“

„Wir dachten, es würde vielleicht aufhören und wir könnten zwischendurch unseren grauen Zellen ein wenig frische Luft gönnen.“ Carolin schwitzte allmählich Blut und Wasser und sah ein, dass sie auf ganzer Linie verloren hatte. Jetzt half nur noch Russisches Roulette.

„Du hast natürlich Recht, Mama“, schwenkte sie schnell um. „Es ist bestimmt besser, du fährst mich mit dem Auto hin. Ich saus nur rasch hoch und zieh mich um.“

„Manchmal bist du bockig wie ein Maulesel“, rief ihr Ines hinterher. „Von mir hast du das nicht!“

Carolin schlüpfte rasch aus ihrer Regenkluft und stopfte sie in ihre Schultasche, die aus allen Nähten zu platzen schien. Sie versuchte, die Tasche so eng wie möglich an sich zu pressen, um nicht erneut Ines' Verdacht zu erregen.

„Ich finde es übrigens höchst erfreulich, dass du mal wieder was mit der netten Luisa unternimmst und nicht immer nur mit dieser Lina bei den Pferden rumhängst", würgte ihr Ines im Auto noch schnell rein. Nicht, dass Ines Lina nicht mochte, aber das Mädchen war ihr unheimlich, wie den meisten Menschen, die sie nicht näher kannten.

Luisa hatte natürlich keine Ahnung von ihren Plänen und machte ein höchst überraschtes Gesicht, als Carolin und ihre Mutter plötzlich vor der Tür standen.

„Hallo Luisa, da bin ich schon, wie ausgemacht", sagte Carolin, als die Freundin die Tür öffnete. Dabei zwinkerte sie wie wild mit den Augen und betete inständig, dass Luisa kapieren möge.

Tat sie zum Glück auch. Zumindest ansatzweise. „Äh, ja", stammelte sie.

„Guten Tag, Luisa. Mit eurer Radtour wird's ja wohl bei dem Wetter nichts werden. Deshalb hab ich Carolin rasch hergefahren", sagte Ines.

Carolin versteckte sich hinter dem Rücken ihrer Mutter und zwinkerte wie verrückt.

„Radtour. Äh, ja, schon sehr schade."

Ines wackelte mit dem Autoschlüssel. „Ich muss wieder. Sag deiner Mutter einen Gruß, wenn sie von ihrem kranken Vater zurückkommt, und vielen Dank, dass Caro bei euch übernachten kann."

„Übernachten … äh, ja.“

„Tschüss, Caro, und viel Spaß. Ich geh dann mal!“

Jaaaa, geh!!!!! Carolin schob Luisa ins Haus und schloss die Tür. Die funkelte sie wütend an. „Sag mal, geht's noch?“

Carolin kaute nervös auf ihrer Unterlippe. „Sorry, Luisa …“

„Sorry? Meine Mutter ist im Keller und macht die Wäsche. Sie hätte jeden Moment hochkommen können und alles wäre aufgeflogen. Und ihr Vater kann gar nicht krank sein, der ist seit über 50 Jahren tot. Er ist im Krieg gefallen. Im Zweiten Weltkrieg!“

„Ist ja noch mal alles gut gegangen“, versuchte Carolin die aufgebrachte Freundin zu beruhigen.

Aber Luisa war supersauer. „Aber mehr als knapp. Worum geht's hier eigentlich?“

Carolin druckste herum. „Das kann ich dir nicht so genau sagen.“

„Ach ja?“ Luisa war jetzt richtig wütend. „Kannst mich als Alibi missbrauchen, aber nicht mal sagen, worum es geht?! Toll! Ganz toll!“

„Bitte. Luisa, es geht um Leben und Tod. Vertrau mir.“

Luisa sah sie kurz an. „Eine Pferdegeschichte?“

Carolin nickte. Sie schulterte ihre Schultasche. „Ich bin auch schon wieder weg. Tut mir echt Leid, Luisa. Wenn's nicht sehr wichtig wäre, hätte ich dich da niemals mit hineingezogen.“

Luisa zuckte nur kurz die Schultern. Als sie Carolin

nachsah, wie sie bei strömendem Regen den Bürgersteig entlangstapfte, zögerte sie noch einen Moment, dann gab sie sich einen Ruck. „He, Caro!“, rief sie ihr nach.

Carolin drehte sich um.

„Pass gut auf dich auf!“, rief Luisa und ein feines Lächeln umspielte ihre Lippen.

Carolin winkte.

„He, Caro!“, rief ihr Luisa dann noch mal zu. „Wenn's Probleme gibt, kannst du mich jederzeit anrufen, vorbeikommen oder hier übernachten.“

Als Carolin endlich auf Lindenhain war, war es schon Nacht. Sie war völlig durchnässt und unterkühlt. Rasch rubbelte sie ihre Haare halbwegs trocken und schlüpfte in ihren Stallausmistungsoverall. Mit fliegenden Fingern sattelte sie dann Sternentänzer, zog ihn in die Stallgasse und führte ihn auf den Hof hinaus. Sie schwang sich in den Sattel und trieb das Pferd kräftig an. Normalerweise fühlte sie sich immer leicht und gelöst, wenn sie mit Sternentänzer in den Vollmondnächten unterwegs war. Es war wie ein Rausch. *Diesmal nicht.* Der Wald wirkte trotz der Mondbeleuchtung stumm und abweisend, die Baumwipfel wie bedrohliche Speerspitzen, die düstere Nacht war voller erschreckender Geräusche. Der Sturm, der durch die Blätter raschelte, flößte ihr Angst ein. Carolin schluckte und krallte sich mit klammen Fingern am Sattel fest. Da schob sich auch noch eine dicke Wolke vor den

Mond und alles wurde ziemlich dunkel. Die Welt sah aus wie ein Schattenspiel. *Scchschschsch.* Auf einmal huschte etwas ganz dicht an ihrem Gesicht vorbei. Carolin zuckte zusammen, schrie auf, ihr Herz klopfte bis zum Hals. Als der Mond wieder zum Vorschein kam, erkannte sie, dass es eine Fledermaus war, die im Tiefflug im Wald zwischen den Bäumen verschwand. Eine Sturmböe packte Carolin und rüttelte sie so heftig, dass sie alle Mühe hatte, sich festzuhalten.

„Es ist scheußlich, Sternentänzer, aber es muss sein", brüllte sie in die unheimliche Nacht und wünschte, sie wäre zu Hause in ihrem kuscheligen Bett. Der Wind wehte ihr so kräftig von vorne entgegen, dass er ihr beinahe den Atem nahm, wenn sie ihm nicht auswich. Sternentänzer kämpfte sich wacker voran.

„Ok, los geht's. *Ich wünschte, ich wüsste, wo Frank Stone Cinderella versteckt hält*", murmelte Carolin die Frage vor sich hin. Im gleichen Moment ging ein Ruck durch den Körper des Pferdes. Es setzte sich in Bewegung und galoppierte davon. Schnell wie der Wind. Carolin klammerte sich fest, sie fühlte sich merkwürdig, ihr Kopf schien sich zu drehen. Ihr wurde schwindelig, wie in einem Kettenkarussell. Sternentänzer ritt schneller und schneller. Carolin spürte auf einmal einen seltsamen Druck in ihrem Kopf. Als wäre er eine Walnuss und würde von einem Nussknacker zerquetscht. Ihr Körper brannte wie Feuer. Sie fühlte sich unwirklich, wie in einem Traum, alles um sie herum schien in dicken Nebelschwaden zu versinken. Gerade als sie das Gefühl hatte, sie würde jeden Moment zerspringen, blieb Sternentänzer stehen. Er keuchte, japste, sein ganzer Körper vibrierte. Er schien vollkommen außer Atem. „Was ist denn mit dir los, Sternentänzer?“, flüsterte Carolin dem Pferd ins Ohr und wartete, bis es sich ein wenig beruhigt hatte. „Komm, wir versuchen es noch einmal. Wir m ü s s e n Cinderella finden.“

Sternentänzer bewegte sich, trottete vorwärts, erst sehr langsam und dann immer schneller. *„Ich wünschte, ich wüsste, wo Frank Stone Cinderella versteckt hält*“, wiederholte Carolin ihre Frage und drückte die Augen ganz fest zu. Doch plötzlich – ohne Vorwarnung – scheute Sternentänzer, wirbelte herum und raste in vollem Galopp zum Stall zurück. Carolin wurde auf seinen Hals geworfen, klammerte sich an seiner Mähne fest, um nicht herunterzufallen.

„Halt! Hohoho!“, kreischte sie und zog mit einer Hand kräftig am Zügel. Doch Sternentänzer lief nur noch schneller. Carolin zog weiter mit aller Kraft an den Zügeln, aber das Pferd beachtete sie überhaupt nicht. Schließlich gab sie ihren Widerstand auf und duckte sich tief auf den Pferdehals. Sie sah sich und Sternentänzer schon mit gebrochenen Knochen …

Kurz vor der Stalltür wurde ihr Pferd endlich etwas langsamer, er fiel in Trab und legte dann so eine rasante Vollbremsung hin, dass Carolin gegen die Tür geschleudert worden wäre, hätte sie nicht so dicht an seinem Hals gelegen. Schwer atmend und klatschnass geschwitzt blieb er stehen. Carolin blieb regungslos auf dem Pferderücken liegen, ihr Herz raste, sie spürte wie ihr die Tränen kamen.

„Was ist bloß los mit dir, mein lieber Sternentänzer?“, wimmerte sie verzweifelt und schlang die Arme um seinen Hals. Als sie dann von ihm abstieg, wäre sie beinahe hingefallen, so sehr zitterten ihre Beine. Sie musste sich einen Moment lang gegen das Tor lehnen, bevor sie ihn in den Stall führen konnte.

„Ich erinnere mich noch ganz genau an den Tag, als ich dich zum ersten Mal gesehen habe“, raunte sie ihm in sein Samtohr, während sie ihn von dem anstrengenden Ritt trocken rieb. Sternentänzer zitterte immer noch, schnaubte leise. „Du hast einfach nur dagestanden. Dein helles Fell glänzte wie Seide, deine Mähne glitzerte in der Sonne. Du warst am Zaun festgebunden und hast deinen eleganten Kopf unwillig hin und her bewegt. Damals überkam mich ein ganz merkwürdiges Gefühl. Es war sonnenwarm, doch ich hatte meterhohe Gänsehaut auf meinen Armen.“

Sternentänzer bewegte seinen edlen Kopf auf und ab, als habe er verstanden. Allmählich schien er etwas ruhiger zu werden. Nur seine Nüstern bebten noch ein wenig.

Carolin holte eine Flasche Franzbranntwein aus dem Schrank und rieb Sternentänzers Beine damit ab. Nach dem Höllenritt hatte er eine Erfrischung dringend nötig.

„Als ich zum ersten Mal auf deinem Rücken saß, hab ich sofort gespürt, dass du etwas ganz Besonderes bist." Sie kuschelte sich eng an ihn. „Es ist ganz egal, Sternentänzer. Auch wenn du jetzt nicht mehr in die Zukunft sehen kannst, hab ich dich genauso lieb." Das war gelogen. Eigentlich hatte sie ihn in dieser Nacht noch lieber gewonnen. *Wie er sich geplagt hatte. Er war ihr zuliebe bis an seine Grenzen gegangen* ... Carolins Kopf dröhnte zwar, aber ihr Herz fühlte sich ganz warm und weich an.

Als Sternentänzer sauber und erfrischt war, ließ sie sich völlig erschöpft ins hintere Ende seiner Box plumpsen und kaute nachdenklich auf einem Strohhalm herum. „Ist es meine Schuld, Sternentänzer?", stellte sie ihm nach einer Weile die Frage, die sie schon die ganze Zeit über quälte. „Weil ich dein Geheimnis verraten habe? Jedes Mal, wenn ich jemandem von deiner Gabe erzählt habe, ist etwas passiert. War es falsch, Lina einzuweihen?" Sie fuhr sich mit beiden Händen durch das Haar. Ihr Kopf fühlte sich immer noch an wie ein Wattebausch. Sternentänzer schien jetzt wieder ganz ruhig zu sein und Carolin hoffte, ihre dröhnenden Kopfschmerzen würden bald nachlassen.

Zickenduft und Pferdemist

„Einen wunderschönen guten Morgen wünsche ich“, drang von ganz weit her eine verkniffene Stimme an ihr Ohr.

„Was ...“ Carolin schreckte hoch und stellte entsetzt fest, dass sie gar nicht zu Hause in ihrem Bett lag, sondern an ihrem Platz in der Klasse. Sie spürte, wie sie puterrot wurde, erst im Gesicht, dann an den Ohren, dann bis hinauf zu den Haarwurzeln. Sie lag mit dem Kopf auf ihren Armen, auf dem Pult. Und Armin Pfefferbeißer hatte sich so tief neben sie hingekniet, dass er ihr über seine Nickelbrille hinweg direkt in die Augen sehen konnte, die sie allmählich aufschlug.

„Ausgeschlafen, Fräulein Carolin?“, fragte die Stimme.

„Ja, tut mir echt Leid“, stammelte sie und rappelte sich mühsam hoch.

Es war nicht nur die Müdigkeit, weil sie gestern kein Auge zugetan hatte, sie wurde auch immer noch von diesen tierischen Kopfschmerzen geplagt. Es war, als würde jemand mit einem Presslufthammer in ihrem Kopf eine Straße pflastern. Jeden Herzschlag konnte sie bis in die Haarspitzen spüren.

Mit großen Schritten marschierte Pfefferbeißer wieder zurück zum Pult und baute sich vor der Tafel auf. „Bis zur nächsten Stunde schreibst du einen dreiseitigen Aufsatz über den Stoff von heute!“, brummte er ihr als Strafarbeit auf. „Und wenn wir dann wieder mit deiner geschätzten Aufmerksamkeit rechnen dürften?“, schnarrte die verkniffene Pfefferbeißer-Stimme. „Dann können wir ja mit dem Unterricht fortfahren.“

Drei Seiten Aufsatz. Über den Stoff von heute. Bis übermorgen. Und dabei habe ich eine halbe Stunde voll verpennt. Warum ging zurzeit eigentlich alles schief bei ihr? Vielleicht lag es gar nicht an Sternentänzer, dass seine Gabe nicht mehr funktionierte, vielleicht lag es ja an ihr? Cinderella verschwunden, dauernd Zoff mit Ines, ständig Pfefferbeißer im Nacken, und Sternentänzer, der nichts mehr sah. *Ist irgendwie too much, alles zusammen*, überlegte Carolin. *Vielleicht verstrahle ich schlechte Energie? Bad Vibrations? Eine massive von Saturn bestrahlte Pechsträhne? Und womit hab ich das verdient?* Sie rieb sich die Augen und warf einen gequälten Blick zu Lina. Die nickte ihr zu und hob den Daumen, als sich Pfefferbeißer zur Tafel drehte. *Ich helfe dir*, sollte das heißen. Carolin seufzte. *Na ja, wenigstens auf Lina kann ich mich verlassen!*, dachte sie.

Carolin war gerade dabei, nach der Schule ihr Fahrrad aus dem Ständer zu holen und Richtung Lindenhain zu starten, als sich Julia breitbeinig vor ihr aufbaute.

„Und, wie sieht's aus, Caro?", erkundigte sie sich und warf ihre langen Haare mit einer schnellen Bewegung zurück.

Carolin schwang sich auf den Sattel. „Was gibt's denn?"

„Meine Geburtstagsparty. Du kommst doch, du hast noch nicht zugesagt."

Carolin schlug sich mit der flachen Hand gegen die Stirn. „Hab ich echt total vergessen!"

Dabei hatte Julia die Einladungskarten „zum Geburtstags-Diskoabend" schon letzte Woche verteilt.

„Und? Alle kommen. Wehe, du kneifst, dann rede ich nie wieder ein Wort mit dir. Für den Rest meines Lebens. Und deine Pferde akzeptiere ich nicht als Entschuldigung!"

Alle waren eingeladen, alle außer Lina. Julia stand mit ihr immer noch auf Kriegsfuß, sie konnte mit dem eigenartigen Mädchen mit der Wallemähne und den weiten Röcken einfach nichts anfangen. Das allein wäre für Carolin schon ein Grund gewesen, abzusagen, doch Lina hatte heftig protestiert. „Ich hab sowieso null Lust auf so was, aber es sind deine Freunde. Du kennst sie schon länger als mich, also musst du auch hingehen. Ich bin supersauer, wenn du wegen mir absagst!"

„Natürlich komm ich!", antwortete Carolin also. Sie hatte sich sogar schon die Erlaubnis von Ines geholt.

„Na gut!“ Hochzufrieden zog Julia ab und Carolin radelte nach Lindenhain.

Um sich abzulenken beschloss Carolin, die Ställe zu säubern. Es war zwar nicht gerade der perfekte Putztag. Draußen war ausnahmsweise sonniges, strahlend schönes Wetter, endlich mal wieder angenehm warm. Eigentlich ein Tag, an dem man einfach nur ausreiten möchte, aber Carolin konnte nicht. Sie war supernervös und hatte Angst, die Nervosität könnte sich auf Sternentänzer übertragen. Außerdem hatte sie das Gefühl, sie müsste irgendetwas tun, um nicht zu explodieren. Sie schlüpfte in ihren alten Overall, zog sich ihre dunkelgrünen Gummistiefel an, band sich ein Tuch über die Haare und krempelte die Ärmel hoch. Zuerst fegte sie die Stallgasse, bis nicht mal mehr ein einziger winziger Halm zu sehen war. Dann scheuerte sie jedes einzelne Namensschild an den Boxen, bis es glänzte, brachte Ordnung in die Sattelkammer, räumte Putzzeug auf, stellte Striegel, Schweißmesser, Kardätschen und Mähnenkämme in einer Reihe hin. Daneben türmte sie die Wurzelbürsten auf. Anschließend befreite sie noch die Fenster von einer Schicht toter Fliegen. Im Stall mit den vertrauten Gerüchen nach Pferden, Heu und Leder fühlte sie sich bald ein bisschen besser.

Und jetzt noch schnell Sternentänzers Schlafplatz

säubern! Sie mistete seine Box aus, lud Karre um Karre voller Pferdeäpfel und nasser Einstreu und schob sie zum Misthaufen. Bevor sie die Box mit frischem, duftendem Stroh einstreuen wollte, machte sie eine kleine Verschnaufpause, trank einen Becher Pfirsich-Eistee und verspeiste eine Packung Doppeldecker-Kekse mit Erdnussbutterfüllung im Gemeinschaftsraum des Haupthauses.

Als sie frisch gestärkt zurück in den Stall stiefelte, war irgendetwas anders. Es roch anders. Nach süßlichem Parfüm. Carolin hielt die Nase hoch und schnupperte durch den Stall. Ines hatte ein Ähnliches. Sonst kannte Carolin keinen Menschen, der Parfüm benutzte. Julia manchmal. Aber die würde lieber auf den Händen durch die Fußgängerzone laufen, als sich im Stall herumzudrücken. Also doch Ines! *Oh Gott, war ihre Mutter etwa hier? Vielleicht war etwas passiert?* Sie folgte dem ungewöhnlichen Geruch, dann hörte sie Geräusche, die aus der hintersten Ecke des Stalls kamen. Geflüster. Gekicher. Auf Zehenspitzen schlich sich Carolin an und spähte um die Ecke. Da war nicht Ines. Dort stand Nick. Er lehnte an der Tür zu Shanias Box. Dicht neben ihm stand ein Mädchen mit langen schwarzen Haaren und einem Gesicht wie eine Porzellanpuppe. Nina. Sie hielten sich an den Händen. Dann strich Nick durch ihre langen Haare, flüsterte in ihr Ohr. Nina kicherte. Auch Nick lachte. Ein merkwürdiges Lachen, das Carolin an ihm noch nie gehört hatte. Dabei hörte er nicht auf, über Ninas Haare zu streicheln. Dann beugte er sich zu ihr und gab ihr einen Kuss. Zuerst auf den Kopf. Dann nahm er ihr Gesicht in seine Hände und küsste sie mitten auf den Mund. Nina schien es zu gefallen, denn sie schlang ihre Arme um ihn. Auch er umarmte sie. Die beiden standen jetzt so eng umschlungen da, dass nicht einmal mehr ein Taschentuch zwischen sie gepasst hätte.

Carolin hielt die Luft an. Nick und die arrogante Nina, Ferdis verwöhnte Schwester. *Stand Nick jetzt plötzlich doch auf Zickenparfüm und sie auf Pferdemist? Nicht zu fassen ...*

„Du schmeckst gut", hörte Carolin Nick sagen.

Dann Ninas Stimme. „Lippenpflegestift mit Erdbeergeschmack."

Dann wieder Nick. „Meine süße, kleine Erdbeere ..."

Dann war es wieder still, denn die beiden klebten aneinander wie mit Leim zusammengepappt.

Und ich dachte noch, die beiden hassen sich, grinste Carolin vor sich hin. *Pustekuchen!* Plötzlich kam ihr ein wunderbarer Gedanke: Es war ganz genau die Szene, die sie damals gesehen hatte, als sie Sternentänzer nach Nicks Freundin befragt hatte. *Ich sah Nick, wie er Nina im Stall küsste! Und das bedeutet, dass Sternentänzer seine magischen Fähigkeiten nicht verloren hat. Dass Sternentänzer die ganze Zeit über Recht hatte!* Carolin musste sich schwer beherrschen, um nicht vor Freude lauthals loszuschreien. Sie biss sich auf die Lippen und balancierte leise auf Zehenspitzen wieder aus dem Stall. Dieses Rätsel war somit also gelöst.

Blieb aber noch das zweite: *Wenn du deine magischen Kräfte doch noch hast, warum, Sternentänzer, hast du gar nichts gesehen, als ich dich nach Cinderella und Frank Stone befragt habe? Warum?*

Von Partys und Pythons

„Hallo Caro“, empfing sie Ines, als sie von Lindenhain heimkam. Sie war gerade im Wohnzimmer mit dem Staubsauger zugange und schob seine lange Schnauze tief unter den Sessel.

„Hallo Mam.“ Das Eis zwischen ihnen war immer noch nicht ganz geschmolzen. Sie redeten zwar schon wieder miteinander, doch eigentlich nur belangloses Zeug. So, als wollte keiner dem anderen zu nahe treten. Der schlimme Streit und die Anschuldigungen lasteten immer noch schwer auf Carolins Herz, und Ines ging es wohl ähnlich.

Ines stellte den Staubsauger ab. Während sie die Schnur mit einem lautem Zischen einrollte, sagte sie ganz beiläufig. „Ich hab ein Geschenk für dich.“

Carolin stellte ihre Schultasche in die Ecke. „Echt? Was denn?“

„Schau doch mal nach, oben in deinem Zimmer!“, sagte Ines und ihre Augen glänzten vor Vorfreude.

Carolins Freudenthermometer dagegen sackte ein

paar Grad runter. Hatte Ines etwa ihr Zimmer aufgeräumt? Ihre Klamotten sortiert? Ihre gemütlichen Uraltsweatshirts entsorgt und durch neue ersetzt? Vorsichtig öffnete sie die Tür und spähte in ihr Zimmer. Nichts. Auf den ersten Blick war keinerlei Änderung zu entdecken. Alles sah noch aus wie am Morgen. Sogar ihre schmutzigen Reitklamotten hingen noch über dem Stuhl. Carolin atmete auf, bewegte sich weiter vorwärts und sah sich im Zimmer um. Nichts. Erst als sie die Tür schloss, blieb ihr Mund vor Überraschung ganz weit offen stehen. Das Poster des wilden Araberhengstes war nicht mehr da. Dafür ein anderes: Sternentänzer und Cinderella auf glänzendem Posterpapier in Beinahe-Lebensgröße. Wie sie Seite an Seite über die Weide trabten, strahlend schön und mit flatternden Mähnen, die im Sonnenlicht glänzten.

„Boah!", Carolin bekam ihren Mund gar nicht mehr zu. „Ist das klasse. Ist das genial!"

„Na, freust du dich?" Ines war ihr nachgekommen und stand jetzt im Zimmer. „So wohnen deine beiden Lieblinge jetzt auch in deinem Zimmer."

Carolin hob die Arme, dann ließ sie sie wieder fallen. „Mam, das ist …"

„Und jetzt …", begann Ines unternehmungslustig, „… ist es höchste Zeit, dass wir wieder mal was miteinander unternehmen."

Alles klar, dachte Caro und grinste in sich hinein. Wenn Ines auf Mutter-Kind-Tag machte, dann gab es etwas zu besprechen. Warum mussten sie eigentlich immer einen Ausflug machen, um Probleme zu wälzen? Ging doch eigentlich auf dem Sofa genauso gut – und vor allem schneller. Am liebsten ging Ines dazu in den Zoo. Wer weiß, warum? Vielleicht eine Art Ritual?

„Wie wär's, wenn wir zwei mal wieder in den Zoo gehen würden? Und uns im Restaurant zum Abendessen eine Riesenportion Schnitzel und Pommes rotweiß reinziehen", kam es auch schon wie aus der Pistole geschossen.

„Meinetwegen, gehen wir in den Zoo", meinte Carolin achselzuckend. *Ich muss langsam aber echt aufpassen, dass ich kein Zoo-Trauma bekomme …*

Doch sie wollte nicht meckern. Nach diesem genialen Geschenk wäre sie sogar ohne weiteres bereit gewesen, einen Kuchennachmittag bei Tante Annabel zu verbringen oder in die Oper zu gehen.

Im Reptilienhaus begann Ines auch schon mit der Konfliktbearbeitung. „Tut mir Leid, Caro. Wegen neulich", sagte sie, während sie einen Tigerpython beobachteten, der sich eine weiße Maus schmecken ließ.

„Mir auch", murmelte Carolin und meinte es auch so.

„Ich war in letzter Zeit ziemlich gereizt und ich hab meine schlechte Laune an dir ausgelassen." Ines machte eine Pause. „Was natürlich nicht bedeutet, dass ich in der Sache nicht Recht hätte. Du könntest dich wirklich wieder mehr um deine Klamotten kümmern und öfter mal dein Zimmer aufräumen!"

Zack, jetzt war die arme Maus im Schlund des Tigerpython verschwunden.

„Zurzeit ist's auch für mich superstressig", nickte Carolin.

Der Gang der Maus durch den Körper der Schlange war ganz deutlich nachzuverfolgen. Inzwischen befand sie sich etwa in der Mitte, was ein dicker Knubbel demonstrierte.

Auf einmal kam Carolin eine Frage in den Sinn, die sie unbedingt geklärt haben musste. „Mam, ich hab da mal eine Frage ..."

„Schieß los!"

„Hast du eine Ahnung, wie Schlangen auf die Toilette gehen, ich meine, wie sie ihre Bedürfnisse verrichten? Ich hab kein einziges Loch an diesem Schlangenkörper gesehen."

Ines sah ihre Tochter an und platzte los. „Und ich hab Wunder gedacht, was für eine tiefsinnige Frage jetzt kommt!"

Auch Carolin musste lachen. Und plötzlich fühlte es sich wieder weich und warm an, bei Ines zu sein. Vor dem Affenkäfig blieb Ines stehen und ließ ihren Blick über die Köpfe der Tiere schweifen. „Erinnerst du dich noch, worüber wir sprachen, als wir das letzte Mal hier standen und Popcorn geknabbert haben?"

Carolin nickte. „Über Paps. Du hast mir erzählt, dass ihr wieder zusammenkommen wolltet. Und? Hat's geklappt?" Bei der Frage überfiel Carolin ein tierisch schlechtes Gewissen, weil sie sich schon so lange nicht mehr um Ines gekümmert hatte. Sie hatte nicht die leiseste Ahnung, wie es im Moment zwischen ihrer Mutter und ihrem Vater stand. Wollte ihr Ines mitteilen, dass Paul wieder bei ihnen einziehen würde? Richtiger Papa sein würde?

„Dieser Mistkerl!", brach es da aus Ines heraus.

Aha, kombinierte Carolin, *Fehlanzeige, wird wohl nichts mit richtiger Papa*. Ihr war die Beziehung ihrer Eltern zueinander inzwischen schnurzpiepegal. Nur dieses ewige Hin und Her ging ihr allmählich ganz schön auf den Geist. Erst Pauls Auszug, dann Paul mit Rosanna, dann Ines mit Thomas, dann Rosannas Schwangerschaft, ihr Unfall, dann wieder Paul mit Ines, voll ätzend!

„Warum das denn auf einmal? Ihr habt euch doch schon wieder so gut verstanden?"

„Dachte ich auch", nickte Ines. „Genau das dachte ich auch! So kann man sich täuschen."

„Aber Mama. Ich hab dir doch damals gleich gesagt, dass er zu Rosanna zurückgeht, wenn sie aufhört rumzuzicken ..."

Ines schnaufte verächtlich. „Rosanna? Pah, von wegen. Diesmal heißt sie Linda!"

Vor lauter Schreck wäre Carolin beinahe an ihrem Popcorn erstickt. „Wer ist denn Linda?"

„Das wüsste ich allerdings auch gerne", sagte Ines und ballte die Fäuste.

Carolin hockte sich auf den kleinen Mauervorsprung vor dem Affenkäfig. „Ok, Mam, jetzt erzähl doch mal von Anfang an!"

Mit stockender Stimme erzählte Ines, dass sie gerade

dabei gewesen war, sich wieder auf Paul einzulassen, als sie eines Abends zusammen beim Essen waren.

„*Neuanfangsessen* nannte er es auch noch." Ines schimpfte wie ein Rohrspatz. „Dieser Mistkerl."

Carolin sah ihre Mutter fragend an. Eine Essenseinladung schien ihr nun nicht gerade wie ein Kapitalverbrechen.

„Jedenfalls geht er irgendwann mal zur Toilette und lässt sein Handy auf dem Tisch liegen. Just in dem Moment bekommt er eine SMS. Und, na ja, das Ding lag da, unübersehbar."

Jaja, dachte Carolin. *Das sag ich auch immer, wenn ich schnüffle …*

„Und ich hab die SMS gelesen."

Was beweist: Auch Mütter schnüffeln. „Und?"

„Der gestrige Abend mit dir war sehr schön, sollten wir mal wiederholen, ruf mich an, Linda, so lautete die Botschaft an deinen Vater, während er auf der Toilette war, nachdem er mit mir seinen Neuanfang mit Prosecco begossen hat."

Carolin schüttelte vehement den Kopf. „Ich kann nicht glauben, dass Paps so ein Schuft ist! Was hat er denn dazu gesagt?"

„Pah!", schnaubte Ines verächtlich. „Keine Ahnung. Ich bin aufgestanden und gegangen. Das war übrigens an dem Abend, bevor wir uns so gezofft haben, du und ich. Jetzt verstehst du vielleicht, warum ich da so aus der Haut gefahren bin."

„Aber Mam, wie konntest du einfach verschwinden?"

Carolin sah ihre Mutter mit großen Augen an. „Du hast ihm nicht mal die Möglichkeit gegeben, sich zu verteidigen!"

„Was gibt's denn da noch zu sagen? Erst ich, dann Rosanna, dann wieder ich, jetzt irgendeine Linda, nee, Caro, zu viel ist einfach zu viel."

Carolin sah ihre Mutter mit großen Augen an. „Aber vielleicht ist es nur ein Missverständnis. Wer weiß, wer diese Linda ist. Sie könnte ja auch ein Kind sein, eine Verwandte … ein Pferd?"

Ines war wenig überzeugt. „Und seit wann, Schätzchen, können Pferde eine SMS schreiben?"

„Ich hab überhaupt keinen Plan, was ich zu diesem dämlichen Geburtstag anziehen soll", jammerte Carolin, während sie mit dem Handy ihrer Mutter in der Hand ratlos vor ihrem Kleiderschrank stand. „Jeans, wie immer?", schlug Lina vor.

„Jaaa, schon", machte Carolin gedehnt.

„Aber?" Lina seufzte in den Hörer. „Ist doch egal, oder?"

„Ich hab sowieso überhaupt keine Lust da hinzugehen, Lina. Ich ruf jetzt Julia an und sag ab. Ich bin krank. Oder tot …"

„Caro, du nervst!" Lina wurde ungeduldig. „Zieh irgendwas an und geh dahin!"

Carolin inspizierte noch einmal jedes Teil in ihrem

Schrank, doch irgendwie hatte sie heute keine Lust auf die ewigen Hosen. Ganz hinten unter einem Berg T-Shirts lag ein Kleid, das ihr Ines mal aus der Boutique ihrer Freundin Florentine mitgebracht hatte. Sie zog es raus und hielt es sich vor dem Spiegel an. Gar nicht so übel. Es war olivgrün und im Military-Look, also nicht ganz so ladylike, und es harmonierte gut mit der Farbe ihrer Augen und ihrem leicht gebräunten Teint. *Soll ich, soll ich nicht*, überlegte sie eine gute halbe Stunde hin und her, doch dann entschloss sie sich, das Kleid anzuziehen. Sie freute sich schon auf die überraschten Gesichter ihrer Schulkameraden, die sie noch nie in etwas anderem als in Hosen gesehen hatten. *Irgendwie passt mein Gesicht nicht so ganz zu dem Kleid*, dachte sie, während sie ihre widerspenstigen Haare bürstete, die wieder mal in alle Richtungen standen. *Besser, ich wasch sie schnell noch*, beschloss sie dann. Sie überprüfte Ines' Shampooarsenal im Badezimmerschrank und entschied sich schließlich für ein französisches Produkt. Sie konnte zwar kaum entziffern, was auf dem Etikett stand, aber auf dem Deckel pappte ein Preisschild: 25 Euro. Für so einen satten Preis musste es einfach ein gutes Shampoo sein! Beim Waschen fühlte es sich zwar etwas komisch an, leicht schmierig, auch das Auswaschen war nicht ganz einfach, aber vielleicht hatten das diese französischen Produkte so an sich. Wahrscheinlich war es deswegen so teuer. Als sie fertig war, wickelte sie sich ein Handtuch wie einen Turban um den Kopf. Sie warf einen Blick in den Spiegel. Ihr Gesicht wirkte etwas farblos, fand sie. Und außerdem klebte da gerade heute ein fetter Pickel mitten auf ihrer rechten Wange. Und auf der Nase kam schon der zweite. Sie kramte in Ines' Kosmetikkoffer und zog eine Tube heraus. „Helle Grundierungscreme, zum Abdecken", stand da drauf. Carolin klatschte eine satte Portion auf den Pickel, der darunter beinahe verschwand. Prima! Ein bisschen olivgrünen Lidschatten, ein bisschen schwarzen Kajal.

„Mist!", fluchte Carolin. Der Kajalstrich war viel zu dick geraten und der Lidschatten leuchtete wie eine grüne Ampel. Sie sah aus, als wäre sie in den Malkasten gefallen.

So konnte sie unmöglich gehen. Sie tauchte eine Wattekugel in den Niveatopf und entfernte die Farbe aus ihrem Gesicht. Jetzt sah sie zwar aus wie eine Speckschwarte, aber egal.

Nun noch den Turban abnehmen. Sie stellte sich vor den Spiegel und bekam bei ihrem Anblick ganz weiche Knie. Sie hatte rote Haare, karottenrote! Um genau zu sein, hatten ihre Haare exakt die Farbe der zarten Wachsmöhrchen, die Sternentänzer am liebsten verspeiste! Und in alle Richtungen standen sie auch noch. „Wahhhhh!", kreischte Carolin. Sie sah aus wie Pumuckl. Sofort hielt sie den Kopf unter den Wasserhahn und wusch ihre Haare mit normalem Wasser, mindestens dreimal. Aber es half nichts. Schließlich setzte sie eine Basecap auf. *Nie wieder werde ich ohne aus dem Haus gehen*, beschloss sie. *Die nächsten fünfzig Jahre nicht, oder zumindest so lange, bis meine Haare nachgewachsen sind!*

„Oh lala, unsere Caro im Kleid", grinste Julia bei ihrem Anblick. „Du siehst ja endlich mal aus wie ein Mädchen! Obwohl, die Basecap passt ja nicht ganz dazu."

Carolin spürte, wie sie einen puterroten Kopf bekam und wünschte sich in ihre Jeans zurück.

Julia betrachtete sie von allen Seiten. „Ohne Quatsch, Caro, das Kleid steht dir echt gut, solltest du öfter tragen", lobte sie dann, und Carolin merkte, dass sie es ernst meinte.

„Danke, Julia."

Heike kam um die Ecke und blieb mit offenem Mund vor ihr stehen. „Bist du das, Caro?"

„Klasse, oder?", nickte Julia

„Ja, ja schon", stammelte Heike

Es wurde einer der Abende, die man sich auch hätte sparen können. „Stage" hieß die Disko, in die sie am späteren Abend Julias Eltern kutschierten. Die hatten vermutlich ein Vermögen dafür springen lassen müssen, dass ein Haufen Minderjähriger ein paar Stunden Diskoluft schnuppern konnte. Carolin sah sich um. Es gab Spiegel an der Decke, bunte Scheinwerfer, die sich drehten und Gesichter und Kleider in verschiedenen Farben beleuchteten, weiß lackierte Tische und Stühle, ein paar helle Couchecken, eine Theke und daneben das Pult des DJs. Viel war nicht los. Einige Pärchen kuschelten in den Couchecken, andere bewegten sich mehr oder weniger eckig auf der Tanzfläche, das war's auch schon.

„Ist noch viel zu früh!", gab Julia bekannt, der es sichtbar peinlich war, dass der Disko-Ausflug nicht der Bringer war.

„Bist du sonst später hier?", konnte sich Carolin nicht verkneifen zu fragen.

„Nee, hat man mir aber erzählt." Julia pustete sich die Haare aus dem Gesicht. „Mann, ist das heiß hier! Schwitzt du nicht?"

„Doch", nickte Carolin. „Und wie!"

„Dann nimm doch mal diese dämliche Basecap ab", sagte Julia, und noch bevor Carolin reagieren konnte, hatte sie ihr schon die Mütze runtergerissen. „Wa … was ist denn mit dir passiert?", platzte sie heraus.

„Gar nichts." Carolin riss ihr die Mütze aus der Hand.

Julia grinste sie von der Seite an. „Sieht ja schick aus … mal was anderes … aber, Carolin." Julia konnte sich kaum noch halten. „Aber … wenn ich du wäre, würde ich den Friseur verklagen!"

„Das war ein Versehen", knurrte Carolin.

„Sorry", prustete Julia. „Aber es sieht einfach zu komisch aus. Wie …"

„Pumuckl, ich weiß." Carolin drehte sich um und holte sich an der Theke eine Cola. Dann suchte sie sich einen Platz möglichst weit weg von allen Lichtern, von Julia und vom DJ-Pult, um bei der Lautstärke keinen Hörsturz zu bekommen. Sie war heilfroh, als der Abend endlich zu Ende war.

Onkel Rocco kommt zurück

Es gibt Tage, da vergehen die Stunden wie Sekunden und es gibt Tage, da zieht sich jede Minute zäh wie Kaugummi mit schwindendem Limonengeschmack. Heute war ein solcher ausgelutschter Kaugummi-Tag und Carolin war heilfroh, als die Schulglocke sie endlich vom Englischunterricht bei Miss Strawberry erlöste.

„Treffen wir uns später auf Lindenhain?", erkundigte sich Lina, während sie ihre Hefte in die Schultasche packte.

„Klar", nickte Caro und beeilte sich aus dem Klassenzimmer zu kommen.

Auf dem Schulhof blieb Lina auf einmal wie angewurzelt stehen. Sie starrte auf die andere Straßenseite, ihr Gesicht war leichenblass und ihre Lippen zitterten.

„Was ist denn mit dir los? Hast du etwa ein Gespenst gesehen?", kicherte Carolin, während sie ihr Fahrradschloss öffnete.

Lina reagierte nicht, sie starrte weiter mit offenem Mund und bebenden Lippen vor sich hin.

„Hey! Hallo!“ Caro boxte Lina in die Seite. „Erde an Lina! Erde an Lina, bitte kommen!“

„Da … da …“, stotterte Lina und packte Carolins Arm.

„Da was?“

Lina deutete mit dem Zeigefinger der freien Hand auf die andere Straßenseite. Dort stand ein Mann mit Jeans und Trenchcoat. Viel mehr war nicht von ihm zu erkennen, denn er trug einen schwarzen Schlapphut tief ins Gesicht gezogen.

„Was ist denn mit dem Typen?“, fragte Carolin neugierig. „Kennst du den etwa?“

Lina konnte nur wortlos nicken. Ihre Finger bohrten sich noch tiefer in Carolins Arm.

„Onkel Rocco. Das ist mein Onkel Rocco“, stammelte sie dann und schien kurz davor zu sein, in Ohnmacht zu fallen.

„Onkel Rocco“, wiederholte Caro beeindruckt. „Dein verschollener Onkel? Der aus Australien?“

Lina machte keinerlei Anstalten, sich vorwärts zu bewegen. Sie starrte nur weiterhin den Mann an wie ein Mondkalb und krallte ihre Finger immer tiefer in Carolins Arm.

Carolin gab der Freundin einen kleinen Klaps auf den Rücken. „Na, komm schon in die Hufe!“

„Wie? Wohin?“

„Na auf die andere Straßenseite, Onkel Rocco begrüßen! Bevor er sich's anders überlegt und wieder zurück nach Australien düst.“

Lina sah sie an, als hätte Caro ihr vorgeschlagen, auf einem Bein nach Hause zu hüpfen. Offenbar brachte sie der Anblick ihres Onkels völlig aus der Fassung. „Ja, klar, du hast Recht“, sagte sie dann, als sie sich wieder etwas gefangen hatte. Doch es war inzwischen gar nicht mehr nötig, die Straßenseite zu wechseln, denn Onkel Rocco mit seinem Schlapphut kam geradewegs auf sie zu. Lina löste endlich ihren Griff von Carolins Arm. Sie ließ die Hand sinken, die nun neben ihrem Körper baumelte, als würde sie nicht dazugehören.

„Lina“, sagte der Mann, als er vor ihr stand und es war, als ob sie der Klang dieser sanften, und doch kräftigen Stimme aus ihrer Lähmung reißen würde, denn mit einem Satz hüpfte sie in seine ausgebreiteten Arme. „Onkel Rocco!“, kreischte sie und quiekte in den höchsten Tönen.

Carolin sah der herzlichen Begrüßungsszene mit einem lachenden und einem weinenden Auge zu. Sie freute sich aus tiefstem Herzen mit der Freundin über den wiedergefundenen Onkel, aber sie spürte auch ein ganz klein wenig Wehmut darüber, dass sie so etwas nicht hatte. Carolin hatte zwar eine Tante, Ines' Schwester Annabel, aber die lebte in einem kleinen spießigen Reihenhaus in einer Kleinstadt, hatte drei Kinder und war einfach stinklangweilig. Ungefähr zweimal im Jahr war ein Familienbesuch bei ihr fällig, und alle mussten brav um den Tisch sitzen und selbstgebackenen Rhabarbermohnkuchen futtern. Das einzig Unterhaltsame an diesen Nachmittagen war, dass sie hinterher immer einen Wettbewerb starteten: Wem die meisten schwarzen Mohnkugeln in den Zähnen pappten, der hatte gewonnen. *Und wenn Tante Annabel jemals auf den Gedanken verfallen würde, mich von der Schule abzuholen, würde ich schnurstracks durch den Hinterausgang verschwinden oder sogar den Pfefferbeißer anflehen, mich nachsitzen zu lassen,* dachte Carolin, während sich Lina und Rocco weiter in den Armen lagen.

„Und das, Onkel Rocco, ist meine Freundin Carolin."

„Guten Tag, Carolin", sagte Rocco.

„Guten Tag", sagte Carolin artig und nahm den geheimnisvollen Onkel näher unter die Lupe.

Er war nicht besonders groß, eigentlich eher klein, hatte aber breite Schultern und eine athletische Figur – soweit man das unter seinem Mantel erkennen konnte. Unter dem Schlapphut ringelten sich ein paar lange dunkle Korkenzieherlocken bis weit über die Schultern, er hatte ein nettes Lächeln und warme braune Augen. Carolin fand ihn auf den ersten Blick sehr sympathisch.

Lina hakte sich erst bei Rocco, dann bei Carolin unter. „Kommst du mit zu mir, Caro?"

Carolin zögerte. „Deine Familie will doch sicher unter sich sein, ihr habt euch doch bestimmt viel zu erzählen!"

Lina knuffte sie mit der Faust in die Seite. „Ach was, du gehörst doch beinahe schon zur Familie!"

„Trotzdem …" Carolin war fest entschlossen nicht

mitzugehen, doch sie freute sich unheimlich über das, was Lina gesagt hatte. Noch nie in ihrem Leben hatte sie eine so tolle Freundin gehabt.

„Also gut", gab Lina schließlich nach. „Aber du musst unbedingt gegen Abend bei uns vorbeikommen." Sie zwinkerte Carolin zu. „Möglicherweise erwartet dich dann eine Überraschung!"

Eine faustdicke Überraschung erwartete Carolin auch zu Hause. Auf dem Tisch im Wohnzimmer stand eine Kanne dampfender Kaffee, daneben stapelten sich auf einer Silberplatte Kuchenteile: Erdbeersahnetorte, Plunderteilchen, Himbeerbaiser, Windbeutel. Davor hockten in trauter Zweisamkeit, als wären sie seit Jahren beste Freundinnen, Ines und Rosanna und schaufelten die Kalorienbomben in sich hinein.

„Was …" Carolin blieb mit offenem Mund auf der Türschwelle stehen. Sie hätte schwören können, dass ein Treffen der beiden Frauen mit mindestens einer Toten oder wenigstens ausgekratzten Augen enden würde. Und jetzt saßen die ehemaligen Erzfeindinnen hier beim friedlichen Kaffeeklatsch!

„Hallo Schätzchen, du erinnerst dich doch bestimmt noch an Rosanna, die Freundin deines Vaters."

Carolin nickte. *Nie im Leben werde ich diese rotmähnige Minirock-Schreckschraube vergessen*, dachte sie. Sie schluckte. „Aber … ist Paps auch da?", stammelte sie und hatte im gleichen Moment tierische Angst vor der Antwort. Vielleicht lag er oben in der Badewanne.

Mausetot. Vielleicht hatten ihn Ines und Rosanna gemeinsam umgebracht? Oder wurde hier gerade Versöhnung gefeiert? Nach dem Motto: Wir sind jetzt alle eine große, glückliche Familie? Wollte Paps mit Rosanna bei ihnen einziehen?

„Nein, Paul ist nicht hier", sagte Ines kurz angebunden und leckte Himbeersauce von der Kuchengabel.

„Ist Paps ..." Tot, wollte sie eigentlich sagen, wählte dann aber doch eine abgeschwächte Form. „Ist Paps etwas passiert? Hatte er einen Unfall? Liegt er etwa im Krankenhaus? Im Koma?"

„Nein, es geht ihm gut, aber er ist nicht hier", wiederholte ihre Mutter.

„Und das ist auch gut so", fügte Rosanna hinzu und packte sich einen Windbeutel auf den Teller.

Ines nippte kurz an ihrem Kaffee. „Sehr gut so."

Carolin starrte von einer zur anderen. Was ging denn hier ab? *Wollen die mich verarschen? Sind jetzt alle komplett durchgeknallt?*

„Weißt du, Schätzchen, Rosanna und ich, wir sind jetzt sozusagen Leidensgenossinnen", klärte Ines sie schließlich auf.

Carolin verstand kein Wort.

„Es kam, wie es kommen musste. Dein Vater hat auch die arme Rosanna betrogen", fügte Ines hinzu, nicht ohne eine Spur von deutlicher Schadenfreude in der Stimme. „Mit einer anderen Frau."

„Ich will den Mistkerl nie wieder sehen!", schnupfte Rosanna mit verdächtig geröteten Augen.

„Tja“, machte Ines scheinbar mitfühlend, doch in ihren Augen war ein ganz dickes „Ätsch“ zu lesen. „Wer einmal fremdgeht, geht immer fremd!“

Carolin begann langsam, sich ausgesprochen unwohl in ihrer Haut zu fühlen. „Tja, dann, äh, schwirr ich mal ab in mein Zimmer.“

„Magst du ein Stück Torte? Echt lecker“, wollte Ines noch wissen. „Sonst liegen in der Küche noch ein paar Sandwiches.“

„Danke, keinen Hunger.“ Carolin beeilte sich, zu verschwinden.

„Ach Caro, komm doch noch mal“, pfiff ihre Mutter sie zurück.

„Was denn noch?“

„Was hast du eigentlich mit deinen Haaren gemacht?“ *Danke Mama, auch noch vor der bescheuerten Rosanna.*

„Stimmt, sieht etwas eigenartig aus“, stimmte die doch glatt mit ein und feixte fies.

Carolin knirschte vor Wut mit den Zähnen. „Hab das falsche Shampoo erwischt“, murmelte sie.

„Welches denn?“

„Eins von dir, stand oben im Bad, ein französisches.“

„Aber Schätzchen. Das ist doch kein Shampoo, das ist eine Tönung.“ Ines seufzte. „Gut, dass du ab dem nächsten Jahr Französischunterricht in der Schule bekommst.“

Der schmale Feldweg am Stadtrand, der zu der großen Wiese führte, auf der die Wohnwagen von Linas Eltern und Verwandten standen, war mit Dutzenden von Fackeln beinahe taghell erleuchtet. Als Carolin mit ihrem Bike über den Steinweg hoppelte, fühlte sie sich wie in Ben Hur oder Cleopatra, wie in einem dieser kitschigen uralten Monumentalstreifen, die im Fernsehen immer an Ostern oder Weihnachten gezeigt wurden. Auch der kniehohe Zaun, der das Grundstück eingrenzte, war von Fackeln gesäumt. In der nicht mehr ganz lauen Luft hing der Geruch von Petroleum, von Rauch, von angekokeltem Grillfleisch und frisch gebrühtem Kaffee. Carolin lehnte ihr Rad an den hellgelben Wohnwagen von Linas Eltern und folgte ihrer Nase. Da kam ihr auch schon Lina entgegengelaufen. Sie trug ein hellgrünes Kleid und strahlte über das ganze Gesicht wie ein Glühwürmchen in mondloser Nacht. Sie hüpfte und tanzte zu spanischer Volksmusik der Marke Gipsy Kings, die über die ganze Wiese hallte, und drehte sich um ihre eigene Achse.

„He, da bist du ja endlich!", empfing sie Carolin, packte sie an den Armen und wirbelte im Kreis herum.

„Hat bei euch jemand Geburtstag?", wunderte sich Carolin.

„Wir feiern Onkel Roccos Heimkehr!", juchzte Lina. „Meine Mama hat den ganzen Tag geweint, so glücklich war sie."

„Und wo ist dein Onkel Rocco jetzt?", erkundigte sich Carolin.

„Dort." Carolin sah in die Richtung, die ihr Linas Finger zeigte.

Am Ende der Wiese stand er. Sein muskulöser Oberkörper war nackt und glänzte im Schein des Feuers. Rocco trug eine in allen Farben des Regenbogens schillernde Pluderhose, die langen Haare hatte er mit einem Tuch aus seinem Gesicht gebunden. In der Hand hielt er zwei Fackeln.

„Was macht er da?", erkundigte sich Carolin.

„Hab dir doch erzählt, dass er Feuerschlucker ist", sagte Lina stolz, ohne den Blick von ihrem Onkel zu wenden.

„Ach ja, klar, natürlich", grinste Carolin. „Wie konnte ich das vergessen? Und jetzt schluckt er gerade Feuer?"

Lina nickte. „Siehst du doch!"

Tatsächlich war Rocco gerade dabei, sich eine der brennenden Fackeln in den Mund zu stecken, um sie dann gelöscht wieder herauszuziehen.

Carolin schauderte. „Ihhh, das tut doch voll weh!"

„Nee, ihm doch nicht!", erklärte Lina voller Stolz.

Jetzt führte Rocco die zweite brennende Fackel zum Mund. Doch diesmal schluckte er nicht, sondern stieß gleich darauf eine breite, gleißende Flamme aus, die die Nacht erhellte wie ein Dutzend Neonröhren.

„Ist das schön", staunte Carolin. „Sieht aus wie der Schweif eines Kometen."

„Oder wie ein Feuer speiender Drache aus dem Märchenbuch", kicherte Lina. „Pass auf, was er jetzt macht!" Sie rüttelte ganz aufgeregt an Carolins Arm.

Vor Rocco baute sich ein Mann mit einer Zigarette im Mund auf. Rocco führte wieder die brennende Fackel zu sich und zündete dem Mann mit der Flamme aus seinem Mund die Zigarette an.

„Unglaublich, oder?“

Carolin nickte tief beeindruckt. „Stimmt!“

„Er bringt es mir auch bei! Hat er versprochen“, erzählte Lina.

Carolin legte die Stirn in Falten. „Kann man so was denn lernen?“

„Na klar, wie Englisch oder Schlittschuhfahren. Du nimmst einen Schluck Petroleum in den Mund und zack, bläst du das Feuer weg. Das ist alles, ganz easy!“ Lina drehte sich zu ihr. „Willst du es auch lernen? Ich sprech mit ihm, bestimmt zeigt er es dir! Das wär doch total genial. Und bei der nächsten Schulfete treten wir dann auf, als Feuer-Sisters oder so!“

„Feuer-Sisters.“ Carolin tippte sich mit dem Zeigefinger an die Stirn und kicherte. „Vielen herzlichen Dank!“

Später am Abend, es war schon weit nach neun, hockten Carolin und Lina immer noch am Feuer. Die anderen hatten sich schon alle zurückgezogen, Rocco begleitete gerade Linas Mutter zu ihrem Wohnwagen.

„Also, dein Onkel Rocco ist echt total sympathisch“, sagte Carolin. „So einen Onkel hätte ich auch gern.“

Linas Augen funkelten. „Er ist der Beste! Ich bin so froh, dass ich ihn wiederhabe!“

„Wo war er eigentlich die ganze Zeit über? Warum hat er sich nie gemeldet?“

Lina zuckte die Schultern. „Weiß ich jetzt noch nicht, finde ich aber bald raus. Bisher wollte er darüber noch nicht sprechen."

Carolin blickte nachdenklich in das knisternde Feuer. „Meinst du, man kann ihm vertrauen?"

Lina verstand sofort. „Für den lege ich meine Hand ins Feuer!" Sie sprang auf und steuerte auf die Flammen zu. „Ich beweis es dir!"

„Hey, spinnst du?" Carolin konnte sie gerade noch am Rockzipfel festhalten, bevor sie ihre Hand tatsächlich in die Glut gehalten hätte.

„Na, Mädels?" Rocco kam, hockte sich neben Lina und legte den Arm um sie.

„Du, Onkel Rocco, Carolin ist Pferdebesitzerin. Sie hat einen weißen Araber. Er ist der schönste Hengst der Welt und heißt Sternentänzer", begann Lina.

Rocco lächelte. „Einen weißen Araber? Glückwunsch, Caro. Wusstest du, dass abergläubische Menschen beim Anblick eines Schimmels dreimal ausspucken und sich dabei etwas wünschen?"

Und dann erzählte ihm Carolin die ganze Geschichte von Cinderellas Entführung und ihrer Angst um Sternentänzers Fohlen. Und von ihrer Verzweiflung, weil sie keine Ahnung hatte, wo Cinderella sein könnte …

Hoffnung für Cinderella

Als Carolin am nächsten Tag von der Schule heimkam, war Ines mal wieder nicht da. *Mal sehen, was meine Mutter ihrer Tochter zum Mampfen vorbereitet hat,* dachte Carolin, kickte ihre Schuhe in die Ecke und checkte den Kühlschrank. Da stand eine große Schüssel Nudelsalat. Mit Gewürzgurken, Tomaten und kleinen Schinkenstreifen. *Mhm, lecker!* Carolin stellte die Schüssel auf den Tisch und goss sich dazu ein großes Glas Cola ein. In aller Ruhe leerte sie die Schüssel und stellte sie in die Geschirrspülmaschine. Dann durchforstete sie das Tiefkühlfach und wurde fündig. Ein Eis mit dickem Schokoüberzug war genau der richtige Abschluss. Sie holte das Eis aus der Verpackung und ließ ihre Zunge genüsslich an der Schokohülle entlanggleiten. Da klingelte das Telefon. Carolin sprang auf wie elektrisiert. Wie immer, denn sie hatte die Hoffnung noch nicht aufgeben, dass es Gunnar mit einer guten Nachricht sein könnte. „Ja, hallo, hier Carolin Baumgarten."

„Caro!“ Es war Lina. „Gott sei Dank! Ich dachte schon, du wärst nicht da! Es gibt Hammer-Mega-News!“

Linas Stimme überschlug sich fast vor Aufregung. Carolin presste den Hörer fester ans Ohr. „Was denn für News?“

„Sie haben Cinderella gesehen!“, kreischte Lina beinahe schon hysterisch.

„Sag das noch mal!“

„Einer von Onkel Roccos Kumpels hat Cinderella gesehen!“

Vor Freude wäre Carolin am liebsten bis hoch an die Decke gesprungen. Rocco hatte an dem Abend am Lagerfeuer versprochen, all seine Zirkus-Kumpels über Cinderellas Verschwinden zu informieren. Doch Carolin hatte sich nicht allzu viele Hoffnungen gemacht. Und jetzt das.

„Und wo?“

„In Hamburg!“

„Hamburg???“

„Am Hafen.“

„Am Hafen?“

„Am Hamburger Hafen, ja.“

Carolin hockte sich auf den Boden. „Aber da sind doch Schiffe“, murmelte sie.

„Exakt. Kann in Häfen durchaus vorkommen“, meinte Lina, die nicht sofort checkte, was Carolin meinte.

„Dann sollten wir uns aber ganz schön beeilen, Lina“, sagte Carolin mit ernster, gefasster Stimme.

„Warum das denn?"

„Wenn Stone Cinderella erst mal ins Ausland verschifft hat, dann ist sie weg. Für immer. Und mit ihr Sternentänzers Fohlen. Dann haben wir keine Chance mehr, sie jemals wieder zu sehen. Deshalb müssen wir uns beeilen", erklärte Carolin ganz ruhig, obwohl in ihrem Inneren ein Orkan der Windstärke acht tobte. Mindestens.

„Puh!", machte Lina in den Hörer. Dann: „Du hast Recht. Also wann?"

„Jetzt gleich!" Carolin klemmte sich den Hörer zwischen Kinn und Schulter und griff nach ihren Schuhen.

Lina schnaubte in den Hörer. „Und wie? Zu Fuß?"

„Mist!" Carolin ließ ihre Schuhe gleich wieder fallen. Daran hatte sie überhaupt nicht gedacht.

Lina schwieg einen Moment. „Also gut. Hör zu. Morgen früh. Es ist ja Wochenende und wir müssen nicht einmal die Schule schwänzen. Ich mach uns einen Transport klar. Ich frag Onkel Rocco. "

„Lina!"

„Was noch?"

„Aber mit Anhänger, Sternentänzer muss nämlich mit."

„Warum das denn?"

„Erstens, weil wir ihn dann immer bei uns haben, und zweitens kann er uns bei der Suche sicher helfen! Und wir brauchen den Anhänger auch für Cinderella, falls wir sie finden."

„Alles klar!" Lina legte auf, doch Carolin hielt den

Hörer weiter umklammert, als sei er an ihrer Hand festgewachsen, als könne er ihr Halt geben. In der anderen Hand hielt sie noch das Eis, das allmählich schmolz und auf ihre Hand tropfte. In ihrem Kopf sah sie Cinderella. Mutterseelenallein. Eingequetscht in einer viel zu engen Box auf einem Frachter zwischen Bananen-Ladungen und Kisten voller Kokosnüsse auf dem Weg in eine ungewisse Zukunft. Sich schmerzvoll windend, weil die Wehen kamen und niemand da war, der ihr helfen konnte. Carolins Herz schlug so heftig, als würde es jeden Moment aus ihrem Brustkorb ausbrechen und ein eigenes Leben führen wollen. Zum Glück war am nächsten Tag Samstag und Carolin erzählte Ines etwas von einem Wochenendseminar auf Lindenhain.

Bei jeder Unebenheit auf dem Asphalt holperte die zitronengelbe Uraltkarre wie ein Planwagen, der durch den Wilden Westen zieht. Bei jeder Kurve hielt Carolin den Griff fest, um sicherzugehen, dass die Tür nicht wegflog. Aber egal, sie waren auf dem Weg nach Hamburg! Ein Kumpel von Rocco, Sebastiano Bastiano, seines Zeichens Schwertschlucker, hatte sie in seiner schrottreifen Kiste mitgenommen. Auch Sternentänzer war dabei, er war hinten im Anhänger untergebracht.

„Bisschen wackelig, was Mädels?“, grinste Sebastiano und nahm einen großen Schluck aus einer Rotweinflasche. „Brauch ich für meinen Hals“, sagte er, als er Carolins Blick spürte. „Damit das Schwert besser rutscht.“

„Ja, klar“, nickte Carolin und konnte es kaum erwarten, endlich in Hamburg zu sein. Raus aus der Karre und weg von diesem Schluckspecht.

„Du und deine ollen Sprüche“, gähnte Lina. „Über die kann ja wirklich keiner mehr lachen.“

„Tut mir Leid, bin ja schon ruhig. Übrigens, ich kann euch auch wieder abholen und zurückbringen. Muss nur zwischendurch was erledigen“, sagte Sebastiano, als sie endlich in Hamburg angekommen waren.

„Schön, vielen Dank“, sagte Carolin, dachte aber: *Lieber würde ich laufen oder auf Sternentänzers Rücken zurückreiten.*

„Aber jetzt müssen wir erst mal das Gestüt finden. Am Schnepfenwinkel 2 war das, oder? Dürfte nicht mehr so weit sein, Mädels.“

Nach einer kurzen Fahrt, vorbei an abgeernteten Maisfeldern, ausgedehnten Wiesen und Wäldern hatten sie das Gestüt erreicht. Es war ein hohes rotes Haus mit angrenzendem Stall auf einem weiten, eingezäunten Gelände und befand sich einsam am Rand eines Waldes, dort, wo sich Hase und Igel Gute Nacht sagen. Ein leises Sirren lag in der Luft, ein paar blökende Schafe standen auf einer Wiese, irgendwo in der Ferne war ein Traktor zu hören.

„Passt in der Zwischenzeit gut auf euch auf, Mädels!“, gab ihnen der Schwertschlucker mit auf den Weg, nachdem sie Sternentänzer ausgeladen hatten.

„Mach dir keine Sorgen, Sebastiano“, beruhigte ihn Lina und umarmte ihn. „Danke für den Transport und, hey, halt dich fern von Magneten!“, grinste sie.

„Buon viaggio, ragazze, gute Reise, ihr zwei!“

„Sebastiano ist doch voll nett, oder?“, meinte Lina zu Carolin, als er weg war.

Carolin zog eine Grimasse. „Schon, aber als der seinen Rotwein weggeschluckt hat, ist mir echt ganz anders geworden.“

Lina verdrehte die Augen. „Aber Caro, das war doch kein Alkohol. In der Flasche war irgendein Limonengemisch mit Minze und Kräutern.“

„Ach so“, murmelte Carolin erleichtert.

Nachdem Sebastiano sie verlassen hatte, banden sie Sternentänzer in sicherer Entfernung von der Schotterstraße an einem Baum im Wald auf der gegenüberliegenden Straßenseite fest. Dann näherten sie sich vorsichtig der Anlage. Die Weide war von einem hohen Holzzaun umgeben. Durch ein Astloch im Zaun drückten sie sich abwechselnd die Nase platt. Sie erspähten ein paar Pferde, die friedlich auf der Weide grasten, aber von Cinderella war nichts zu sehen.

„Puhhh! Was, wenn wir ganz umsonst hier sind?“, fragte Carolin, als nach einer Stunde weder Cinderella noch Frank Stone aufgetaucht waren. „Wenn sich der Kumpel von deinem Onkel getäuscht hat.“

Lina schüttelte den Kopf. „Glaub ich nicht. Auf die Kumpels von Rocco kann man sich normalerweise total verlassen.“

Carolin schielte zweifelnd zu der Freundin. „Wenn die alle so Chaoten sind wie dieser Sebastiano …“

„Vorsicht!“ Lina streckte warnend den Zeigefinger in die Höhe. „Ihr Leben ist vielleicht ein bisschen anders als deins, aber sie sind alle liebe, hilfsbereite Menschen, meine liebe, spießige Carolin.“

Carolin knuffte Lina in die Seite. „Ich und spießig? Das nimmst du sofort zurück!“

Lina kicherte. „Tu ich bestimmt nicht! Ich kann mich noch genau an deine großen Augen erinnern, als du zum ersten Mal in Amis Wohnwagen warst!“

Carolin knuffte fester. „Das spießig nimmst du zurück!“

„Na gut“, gab Lina nach. „Wenn du ein echter Spießer wärst, wär ich ganz sicher nicht mit dir befreundet.“

„Ach Lina, wenn Cinderella jetzt nicht bald auftaucht …“ Carolin wurde langsam zappelig, ihre Nerven waren zum Zerreißen gespannt. „Und von Stone ist auch nichts zu sehen. Und überhaupt“, sie ließ sich auf die Wiese plumpsen. „Was soll der hier auf so einem teuren Gestüt machen? Der hat doch gar keine Kohle. Sternentänzer hatte er damals in einem vergammelten Schuppen versteckt.“

Lina ließ sich nicht beirren. „Schon mal was von Komplizen gehört?“

„Allmählich knurrt außerdem mein Magen“, murrte Carolin missmutig weiter. „Ich hab nichts mehr gegessen, seit wir heute morgen in das Auto von Sebastiano gestiegen sind. Und jetzt ist schon beinahe Abend!“

„Beiß die Zähne zusammen!“

„Sehr witzig!“

„Hey, Achtung“, meinte Lina dann, die noch immer durch das Astloch guckte. „Da tut sich was.“

Carolin sprang auf. „Was denn?“

„Da kommen Leute aus dem Haus, zwei Männer.“

„Ist Stone dabei?“, fragte Carolin ungeduldig. „Lass mich mal sehen.“

Lina behielt das Auge im Astloch und schüttelte den Kopf. „Kein Stone.“

„Lass mich mal!“ Mit sanfter Gewalt schob Carolin Lina zur Seite. „Das gibt's doch nicht!“, murmelte sie dann, als sie durch das Loch blickte. „Das glaub ich nicht!“

„Was denn? Hast du Stone entdeckt?“

„Fast. Da, guck!“, Carolin verschluckte sich beinahe vor Aufregung. „Der Typ da, der mit dieser dicken, fleischige Narbe quer über dem Kinn, hast du den gesehen? Das … das ist … nein, nein … das kann doch gar nicht wahr sein …“ Carolin wurde kreidebleich, die schrecklichen Erinnerungen an Sternentänzers Entführung krochen in ihr hoch.

„Der Typ …“, stammelte sie.

Lina sah sie erstaunt an. „Sag bloß, du kennst den?“

Carolin wagte kaum zu atmen. „Und ob ich den kenne! Er war dabei, damals, als Stone Sternentänzer verschleppt hat.“ Sie senkte die Stimme, wagte kaum weiterzusprechen. „Und er war es, der ihn so brutal geschlagen hat.“

Lina schwieg für einen kurzen Moment. „Hast du denn auch Cinderella gesehen?“, fragte sie dann.

„Nein“, Carolin räusperte sich und bemühte sich, die schrecklichen Bilder aus ihrem Kopf zu scheuchen. „Aber sie muss hier irgendwo sein. Was machen wir denn jetzt nur?“ Sie hockten sich nebeneinander in die Wiese, die Rücken an den hohen Holzzaun gelehnt.

Lina zupfte einen Grashalm ab und steckte ihn in den Mund. „Wir könnten zur Polizei gehen, die müssten Cinderella nur noch hier rausholen.“

Carolin schüttelte energisch den Kopf. „Klar, und in der Zwischenzeit wird Cinderella nach Argentinien oder Madagaskar verschifft. Niemals, Lina, ohne sie rühre ich mich hier keinen Meter mehr weg!“

Auf einmal wurden sie von Motorengeräuschen in ihren Überlegungen unterbrochen.

Carolin wollte gleich aufspringen, doch Lina zog sie in Windeseile zurück auf den Boden. „Bist du verrückt? Leg dich flach hin“, zischte sie. „Und rühr dich nicht! Oder willst du, dass sie uns sofort entdecken, wenn sie gleich an uns vorbei rausfahren?“

Carolin schloss die Augen und presste sich neben Lina flach wie eine Flunder auf die feuchte Erde.

Das Versteck

Eine gute Viertelstunde, nachdem ein Jeepkonvoi mit Stones Komplizen an ihnen vorbeigerast war, wagten es Carolin und Lina wieder, den Kopf zu heben.

„Pffff", Carolin spuckte eine Portion Kleeblätter aus, die sich in ihren Mund verirrt hatte, und wischte sich mit dem Ärmel über ihr feuchtes Gesicht.

Lina guckte schon durch das Astloch. „Sieht ziemlich ruhig aus. So, als wäre nicht nur das Narbengesicht sondern auch alle anderen weg", stellte sie fest.

Carolin zupfte an ihrem Rock. „ Das ist unsere Chance. Wir sollten uns das Gestüt genauer ansehen. Hast du gesehen, ob die Anhänger dabei hatten?"

Lina schüttelte den Kopf. „Da waren nur Autos."

„Das bedeutet, dass sie die Pferde dagelassen haben."

„Es sei denn, sie haben sie in den Kofferraum gepackt …"

„Sehr witzig!" Carolin war überhaupt nicht zu Scherzen aufgelegt.

Lina faltete ihre Hände zu einer Räuberleiter. „Los, lass uns keine Zeit verlieren!“

Keine zwei Minuten später standen die beiden Mädchen auf dem fremden Gestüt.

„In dem weißen Gebäude da vorne könnten die Ställe sein.“

Carolin nahm Lina an der Hand. „Dann nichts wie hin.“

Wie um ihr Leben rasten die beiden geduckt den Holzzaun entlang bis zu dem weißen Gebäude. „Mist.“ Das Tor war mit einem gewaltigen Vorhängeschloss versperrt.

„Da hinten auf der Seite steht ein Fenster offen, komm schon!“ Lina zog Carolin zur Stallseite mit dem Fenster. „Du steigst rein und schaust, ob Cinderella da ist.“

Carolin stieg auf Linas Schultern und hievte sich vorsichtig in den Stall. Der vertraute Geruch von Pferden und Leder verdrängte ein wenig das mulmige Gefühl, das sich langsam in ihrem Bauch ausbreitete. Sie befand sich in einer breiten Stallgasse mit jeweils acht Boxen an den Seiten. Offenbar wurde der Stall nicht besonders gepflegt, denn sie stand knöcheldick im Schmutz, Pferdeäpfel säumten den Weg. An den Glühbirnen klebten so viele tote Fliegen, dass sie beinahe schwarz zu sein schienen. In drei der Boxen standen Pferde, die aussahen, als hätten sie schon seit Wochen keine Kardätsche und keinen Striegel mehr aus der Nähe gesehen. Nachdem Carolin jeden Zentimeter des

Stalles durchsucht hatte, stand eines fest: Hier war Cinderella nicht. Sie drehte einen herumliegenden Eimer um, stellte sich darauf und kletterte mühsam durch das Fenster wieder raus.

Lina wartete gespannt. „Und?"

Carolin schüttelte den Kopf. „Nichts."

„War ja eigentlich klar, dass die das Pferd nicht einfach so in den Stall stellen", meinte Lina.

Die beiden Mädels sahen sich weiter auf dem Gelände um. Lina entdeckte einen Bretterverschlag. „Da hinten, sieht aus wie ein Schuppen, könnte aber auch ein gutes Versteck sein."

Carolin spähte durch das Fenster, das seit etwa drei Jahrzehnten nicht mehr geputzt worden sein dürfte. „Fehlanzeige. Da verstecken sich höchstens ein paar Ratten."

„Wir haben alles durchsucht ..." Carolin ließ den Kopf sinken. „Und wenn Cinderella doch nicht hier ist? Wenn sie schon längst auf einem Frachter steht?"

Auch Lina wusste langsam keinen Rat mehr. „Entweder das, oder sie ist sehr gut versteckt."

Auf einmal hatte Carolin eine Idee. „Wir holen Sternentänzer! Wenn Cinderella hier ist, wird er sie finden!"

Die Mädchen liefen zum Haupttor, öffneten es von innen und rannten zu der Stelle im Wald, an der sie Sternentänzer festgebunden hatten. Der begrüßte sie mit aufgeregtem Wiehern. In Windeseile führten sie ihn auf das Gelände.

„Sternentänzer, du musst uns jetzt helfen, Cinderella

und dein Fohlen zu finden!", flüsterte Carolin beschwörend in sein Ohr und liebkoste ihn. „Du bist unsere letzte Hoffnung."

„Am besten, wir lassen ihn allein losziehen", überlegte Lina.

Carolin ließ die Zügel los. „Lauf!" Und schon setzte sich Sternentänzer zielstrebig in Bewegung. Carolin und Lina mussten sich beeilen, um ihn nicht aus den Augen zu verlieren.

„Bestimmt hat er schon eine Ahnung", frohlockte Carolin.

Doch als er auf der Wiese Halt machte und sich genüsslich ein Maul voll Grünzeug gönnte, war ihr klar, dass ihn erst mal nur der Hunger angetrieben hatte. Sie lief zu ihm und tätschelte seinen Bauch. „Mein Liebster, ich verspreche dir ein königliches Mahl, wenn wir wieder zu Hause sind. Du bekommst all deine Lieblingsspeisen auf einmal und so viel davon, wie du verspeisen kannst, aber jetzt ..." Sie sah ihm eindringlich in seine glänzenden Kohleaugen. „Jetzt müssen wir Cinderella und dein Fohlen finden, bevor Stone und seine Komplizen wieder zurück sind, verstehst du?"

Sternentänzer wieherte leise und schaute sie an. Er schnaubte und bewegte seinen edlen Kopf auf und ab, gerade so, als wolle er sagen, er habe verstanden. Er streckte die Nüstern in die Höhe und trabte los, Carolin und Lina wieder hinterher. Er umrundete das Haupthaus, dann den Stall, einmal, zweimal, suchte in diversen Eingängen, schaute in Fensteröffnungen. Auf einmal begann er leise zu wiehern und blickte aufgeregt um sich. Er schien am ganzen Körper zu zittern und begann an einer Stelle mit den Hufen zu scharren, als wolle er etwas ausgraben. Dazwischen stieß er mit seinem Kopf immer wieder Carolin an, als wolle er sagen: *Komm schon, hilf mir!*

Carolin und Lina beobachteten ihn und warfen sich skeptische Blicke zu.

„Was will er denn hier?“, wunderte sich Carolin.

Lina zuckte die Schultern. „Kann doch nicht sein, dass sie Cinderella vergraben haben?“

Da überfiel Carolin ein schrecklicher Gedanke. „Und wenn sie gestorben ist, wenn sie das arme Pferd hier beerdigt haben …“, flüsterte sie kaum hörbar.

„An so etwas darfst du nicht mal denken!“, mahnte Lina und beschloss, Sternentänzer zu helfen. Sie begann mit bloßen Händen an der Stelle zu graben, die der Hengst ihnen gezeigt hatte.

Doch Carolin war gerade dabei, sich in den Gedanken hineinzusteigern. „Sie ist hochträchtig, die Aufregung, die Anstrengung, die Entführung, der verdreckte Stall, wenn das alles zu viel für das arme Pferd war?“ Carolin schlug die Hände vors Gesicht. „Wenn …“

„Hey, Caro, schau mal!“ Lina riss ihr die Hände vom Gesicht und deutete auf die Stelle am Boden, an der Sternentänzer immer wieder mit den Hufen gescharrt und sie weitergegraben hatte. Gräser und eine Schicht Erde hatten sie inzwischen entfernt, und darunter wurde eine dunkle Holztür sichtbar.

„Sieht aus wie ein Geheimgang, wie der Eingang zu einem Versteck“, rief Lina aufgeregt. Sie packte den verrosteten Griff und zog daran, so kräftig sie konnte. „Verdammt schwer. Hilf mir doch mal!“

Zu zweit schafften sie es, die Tür aufzureißen. Ein dunkles Loch tat sich auf. Eine Holzleiter führte hinunter in die Finsternis.

Lina deutete auf die Leiter. „Gehst du oder soll ich?“

Carolin sah sie fassungslos an. „Da runter? Was soll da sein?“

Lina zuckte die Achseln. „Das werden wir jetzt rausfinden.“

„Ich weiß nicht ...“

„Feigling!“ Wild entschlossen begann Lina die Leiter runterzuklettern. „Du hältst oben Wache!“

„Und?“, brüllte Carolin runter, als Lina schon eine ganze Weile verschwunden war.

Nichts.

„Lina? Liina?“

Keine Antwort.

„Liiinaaa!“ Für einen Moment lief es Carolin eiskalt den Rücken hinunter. *Was, wenn Lina jetzt auch noch verschwunden ist?*

Da spitzte ihr endlich wieder der wilde Haarschopf der Freundin entgegen. „Das ist der helle Wahnsinn, Caro.“

„Was denn?“ Carolin platzte beinahe vor Neugier und Aufregung.

„Da ist eine Art Höhle“, ertönte Linas Stimme.

„Hast du Cinderella gesehen?“, schrie Carolin zurück.

„Noch nicht. Aber ich hab auch noch nicht überall nachgeschaut!“

„Ich komm mit!“ Carolin stieg die Leiter hinunter und schüttelte verwundert den Kopf. Die Anlage war nicht sehr groß, aber beinahe schon klinisch sauber. Gar kein Vergleich zu dem Saustall oben.

„Guck mal hier!“ Lina war schon vorausgegangen und hatte eine Tür entdeckt. Sie drückte auf die Klinke, die Tür sprang auf. In dem kleinen Raum war es düster, zu erkennen war nichts, doch der vertraute Geruch von Pferdeäpfeln hing in der Luft. Carolin krallte eine Hand in Linas Arm, mit der anderen Hand tastete sie sich langsam vorwärts. „Cinderella?“, flüsterte sie. „Bist du hier?“

Nichts. Doch dann ein lautes Wiehern. Minutenlang. Cinderellas Wiehern.

Carolin macht vor Freude einen Satz in die Luft. „Wir haben sie, Lina! Wir haben sie gefunden! Endlich!“ Sie tastete sich vorwärts bis zum Kopf der Stute, fiel ihr um den Hals und bedeckte ihr samtweiches Fell mit tausend Küssen. „Wie geht's dir, meine Schöne, alles in Ordnung, haben sie dich gut behandelt? Wie geht's unserem Kleinen?“, sprudelte Carolin los.

„Sieht prima aus“, fand Lina, die das Pferd inzwischen inspiziert hatte. „Ich glaube, sie ist gesund und fit. Nur ihre Augen sind ein bisschen traurig.“

Carolin musste grinsen. „Diesen Blick kenn ich. Den

hatte sie auch damals, als Ferdi sie zurück nach Berlin gebracht hatte. Weißt doch noch?"

Lina nickte. „Stimmt, als sie Sternentänzer so vermisst hat."

„Und Ferdi sie zum Psychiater gebracht hat."

„Lass uns später plaudern, jetzt hauen wir besser ab, so schnell wir können!", drängelte Lina.

„Und wie bringen wir Cinderella hier raus? Sie kann ja wohl schlecht die Leiter hochklettern."

Lina sah sich prüfend um. „Es muss noch einen anderen Ausgang geben, irgendwie ist sie ja schließlich auch reingekommen."

„Warte mal, ich glaube ..." Carolin schob Cinderellas Kopf am Halfter zur Seite. „Bingo, eine Tür!"

Sie führte in einen langen, breiten Tunnel.

„Nichts wie weg!"

Carolin band Cinderella los und lief hinter Lina her, die die Vorhut bildete. Nachdem sie etwa fünf Minuten durch den finsteren Tunnel gelaufen waren, standen sie erneut vor einer alten, morschen Holztür. Sie war zwar verschlossen, doch der Schlüssel steckte im Schloss. Lina drehte ihn vorsichtig um und die Tür öffnete sich mit lautem Gequietsche. Für einen Moment musste Lina die Augen schließen, so sehr blendete sie die plötzliche Helligkeit.

Carolin hielt ihre Hände über Cinderellas Augen und führte sie langsam ins Freie.

„Weißt du, wo wir hier sind?", rief ihr Lina zu, die schon vorangelaufen war.

„Wo denn?"

„In dem Wald neben dem Gestüt. Dort, wo wir vorhin Sternentänzer angebunden hatten."

„Sternentänzer", fiel Carolin plötzlich siedendheiß ein. „Er steht noch im Gestüt, ich muss ihn holen!"

Doch gerade als sie loslaufen wollte, kam er mit fliegender Mähne auch schon angaloppiert.

„Er hat uns gefunden", seufzte Carolin erleichtert.

„Ist eben ein kluges Pferd", grinste Lina und legte den Arm um Carolins Schulter. „Ende gut, alles gut", strahlte sie. „Den beiden gönnen wir noch eine kurze Begrüßungspause, dann hauen wir ab nach Hause."

Als Carolin da so stand und Cinderella und Sternentänzer beim Schmusen zusah, dabei, wie sie sich gegenseitig mit den Zähnen den Widerrist beknabberten, hätte sie eigentlich lachen und sich freuen müssen, aber sie konnte es nicht. Sie schluckte immer wieder trocken, weil sie das Gefühl hatte, als würde in ihrem Hals eine Kröte so dick wie ein Fußball stecken, denn in der Ferne war ganz deutlich ein Motorengeräusch zu hören.

Zwei Freundinnen in Gefahr

„Verdammt, die kommen zurück“, murmelte Caro tonlos und presste die Lippen aufeinander.

Auch Lina zuckte zusammen. „So ein Mist, als wir vorher Sternentänzer holten, hätten wir die Tür im Gestüt hinter uns wieder schließen sollen. Die steht sperrangelweit offen. So checken die doch sofort, was los ist!“

„Wir müssen schleunigst die Fliege machen!“, nickte Carolin und machte Anstalten, die beiden Pferde mit sich zu ziehen.

Lina hielt sie zurück. „Warte, Caro. Es ist besser, wenn wir im Wald bleiben, wenn wir mit den beiden Pferden auf die Straße gehen, haben die uns doch in Nullkommanix.“

„Aber wir sollten schnellstens weg von hier“, sagte Carolin und deutete auf den Geheimausgang. „Sonst stehen die gleich hier!“ Sie packte die Zügel von Sternentänzer. „Du nimmst Cinderella. Los!“

Doch weit kamen sie nicht. Es dauerte keine zehn Minuten und das Geknacke von Ästen und das Gemurmel von Stimmen verriet ihnen, dass sie nicht den Hauch einer Chance hatten zu entwischen.

„Mist!“, murmelte Lina und ließ instinktiv die Zügel von Cinderella los.

Carolin gab Sternentänzer frei. „Verschwinde, Sternentänzer, los! Und pass auf deine Cinderella auf!“, raunte sie ihm noch zu. Keine Minute zu früh. Denn als die beiden Pferde im Dickicht verschwunden waren, hatte sie der Suchtrupp auch schon eingeholt.

„Sieh mal einer an, das Fräulein Carolin, welch netter Besuch!“ Carolin hörte eine Stimme hinter sich und drehte sich langsam ungläubig um. Das war doch …

Der hellbraune Pagenschnitt, das blasse Gesicht, das aussah, als würde es niemals die Sonne sehen, und vor allem die unglaublich blauen, dick mit schwarzem Kajal umrundeten Husky-Augen: Es war Stones Rechtsanwältin Elisabetta Demuro. Die Frau, die ihr noch versprochen hatte, ein Auge auf Stone zu haben. *Und ich Idiotin hab ihr geglaubt*, dachte Carolin.

Demuro sah sie an. Mit hartem, stechendem Blick. Ihre gletscherblauen Husky-Augen verengten sich langsam zu schmalen Schlitzen, ihre Lippen wurden immer dünner. Carolin kroch eine Gänsehaut über den Rücken, ihr wurde gleichzeitig heiß und kalt. Sie bekam Schüttelfrost und rang nach Luft.

„Hat dich die Sehnsucht nach dem hübschen Pferdchen hergetrieben“, höhnte Husky-Auge und baute sich breitbeinig vor ihr auf. „Das war ganz schön unklug von dir.“

„Sie wollten mir doch bei der Suche helfen!“, warf Carolin ein, um Sternentänzer und Cinderella etwas mehr Zeit zum Verschwinden zu geben.

„Ich habe es ja auch gefunden und sicher für dich verwahrt.“ Sie lachte fies.

Carolin hielt den Atem an. Damit war klar, dass noch niemand gecheckt hatte, dass Cinderella verschwunden war. Und dass noch niemand Sternentänzer entdeckt hatte.

„Wo halten Sie Cinderella versteckt?“, rief sie.

„Das werde ich dir gerade auf die Nase binden“, fauchte die Frau sie an. Da kam das Narbengesicht angelaufen und flüsterte etwas in ihr Ohr.

„Verdammt!“, schrie Husky-Auge und stampfte mit dem Fuß auf den Waldboden wie Rumpelstilzchen. „Durchkämmt jeden Zentimeter des Waldes“, befahl sie dem Narbengesicht. „Ich muss das Pferd haben!“

Dann ging sie auf Carolin zu und packte sie unsanft am Arm. „Das werdet ihr mir büßen!“

Sie ließ die beiden Mädchen in das Haus bringen. Im Erdgeschoss gab es eine uralte Wand aus riesigen rötlichgelben Steinblöcken. Ungefähr in der Mitte der Wand befand sich eine breite gelbe Tür, die sich öffnete, als Elisabetta Demuro einmal kurz dagegen drückte. Sie ging beinahe von allein auf, ohne Quietschen und Knarren. Dahinter lag ein altes Gewölbe, vollgestopft wie eine Rumpelkammer. Überall standen Kisten, Bücherstapel, jede Menge Flaschen, Konserven,

Hirschgeweihe, zerbrochene Blumentöpfe, ein altes Bettgestell und ausgestopfte Tiere. Die Rechtsanwältin stieß Carolin und Lina ohne ein Wort in das Gewölbe und schloss die Tür. Es war eiskalt in dem Raum, düster und es roch muffelig nach Moder, Schimmel und Mäusen. Aus einer winzig kleinen Dachluke fiel ein Hauch von Licht in den Raum. Carolin fröstelte, was aber nicht nur mit der Temperatur zu tun hatte. „Ich hab Angst, Lina“, stammelte sie, während ihre Zähne unaufhörlich klapperten.

Lina dagegen grinste ein wenig, untersuchte die Regale und kraulte einer ausgestopften Ratte den Bauch. „Ich komm mir hier fast ein bisschen vor wie bei meiner Ami.“

Da musste auch Carolin trotz ihrer Panik ein wenig lächeln. Sie erinnerte sich noch gut an ihren ersten Besuch bei Linas Großmutter, die ihren Wohnwagen zu einer Art Hexenküche umgebaut hatte und jede Menge Knochen, Insekten und anderes Getier in Gläsern im Schrank hortete.

„Na, wenigstens werden wir nicht verhungern“, meinte Lina trocken und deutete auf die Konservendosen.

„Und verdummen auch nicht“, fügte Carolin mit Blick auf die Bücherstapel hinzu und nahm ein Buch in die Hand. Sie blies die fingerdicke Schicht Schmutz vom Buchdeckel, die wie Saharastaub bei einem Sandsturm durch die Luft wirbelte. Sie kniff die Augen zusammen, entzifferte den Titel des Buches und ließ es augenblicklich fallen wie eine heiße Kartoffel.

Lina guckte sie verwundert an. „Was ist denn?"

„‚Die Macht des Teufels' stand auf dem Titel", murmelte Carolin verstört. „Außerdem waren da viele merkwürdige Zeichnungen, die aussahen wie Pentagramme."

Lina winkte sie zu sich. „Sieh dir das mal an", murmelte sie und deutete auf einen Stapel Tarot-Karten. Von der obersten Karte schaute ihnen der Sensenmann entgegen.

„Mir ist unheimlich", flüsterte Carolin, schlang die Arme ganz dicht um ihren Körper und kauerte sich in eine Ecke. Lina setzte sich neben sie. Eine Weile saßen sie schweigend nebeneinander. „Ob sie Sternentänzer inzwischen gefangen hat? Wo er jetzt wohl ist? Und Cinderella?", fragte Carolin dann.

Lina zuckte mit den Schultern. „Ich hab beide auch nicht mehr gesehen, seit Demuro im Wald plötzlich vor uns stand und mir beinahe das Herz stehen blieb."

„Was sie wohl mit Sternentänzer macht, wenn sie ihn erwischt?", überlegte Carolin mit angstvollem Blick auf die ausgestopften Tiere.

Lina legte den Arm um sie. „Keine Bange, Caro! Zuerst mal wird sie ihn zusammen mit Cinderella einsperren, und bis dahin sind wir beide längst hier raus, können Hilfe holen und bringen alle beide, vielmehr alle drei wohlbehalten zurück nach Lindenhain."

Carolin seufzte tief.

Lina streichelte beruhigend über Carolins Haare. „Es wird alles gut ausgehen", wiederholte sie immer wieder, doch der Blick in ihren Augen sagte etwas ganz anderes.

Carolin kauerte sich ganz eng an Lina.

„Wir sollten versuchen zu fliehen", meinte die dann. „Wir müssen hier raus."

Sie erhob sich. „Ich seh mich mal ein bisschen hier um." Da es sehr dunkel in dem Raum war, setzte Lina vorsichtig, wild um sich tastend, einen Schritt vor den anderen. Plötzlich gab es einen lauten Knall und ein merkwürdiges metallenes Geräusch. „Wahhh", kreischte Lina. „Mein Fuß! Verdammter Mist, mein Fuß tut weh!"

„Was ist denn?"

„Mein Fuß", wimmerte Lina. „Es muss mich etwas gebissen haben. Es tut so weh! Und ich glaub, es hat noch die Zähne drin!"

„Eine Ratte?", vermutete Carolin und erschauderte bei dem Gedanken.

Vorsichtig tastete Lina sich zu ihrem Fuß vor, doch da war nichts Pelziges. „Verdammt, Caro, das war kein Tier", wimmerte sie dann.

„Was denn sonst?", fragte Carolin, ganz starr vor Schreck.

„Komm schon her und hilf mir!"

Carolin ruderte nur fassungslos mit den Armen hin und her. Aufzustehen wagte sie nicht, solange nicht geklärt war, ob da nicht tatsächlich hungrige Ratten herumsprangen und Menschenbeine anknabberten. „Und die Ratte …", sagte sie tonlos.

„Komm schon, du Feigling, autsch, verdammter Mist! Das war keine Ratte, ich Vollidiot bin in eine Mausefalle getappt."

Wie der Blitz sprang Carolin auf und lief zu Lina, mit vereinten Kräften zerrten sie an dem Metallbügel, um ihn vorsichtig auseinander zu biegen. „Gleich ... jetzt."

„Ahhutsch", ganz langsam zog Lina ihren Fuß aus der Falle. Vorsichtig begann sie ihren dicken Schnürschuh mit schmerzverzerrtem Gesicht aufzubinden.

„Tut's sehr weh? Bloß gut, dass du immer diese dicken Schuhe anhast!"

Lina versuchte ein zaghaftes Lächeln. „Da siehst du's mal. Ihr habt mich oft wegen meiner Schuhe ausgelacht, dabei sind es meine Lebensrettungsschuhe. Bei deinen kleinen Sneakers wäre der Fuß ab gewesen." Sie rollte ihre Wollstrümpfe herunter und betastete die Stelle. „Kein Blut. Zum Glück keine offene Wunde. Höchstens 'ne Prellung und ein fetter blauer Fleck. Tut zwar tierisch weh, war aber wohl doch nicht so wild."

„Ich werde nie wieder etwas Feindseliges gegen deine Schuhe sagen", sagte Carolin. Lina grinste und rieb sich den schmerzenden Fuß. Auf einmal hielt sie inne. „Schscht!", machte sie dann. Im gleichen Moment ging die Tür auf und das Narbengesicht kam herein. Er war pechschwarz gekleidet, trug sogar schwarze Handschuhe. Die Tür ließ er hinter sich offen. „Wo ist das Pferd?", knurrte er mit dunkler, heiserer Stimme.

Carolin und Lina zuckten zusammen und beobachteten ängstlich die dunkle Gestalt. Das Narbengesicht zog ganz langsam und demonstrativ einen Handschuh aus, mit dem er dann auf seine andere Hand klatschte. Immer wieder. Es hörte sich an wie Peitschenhiebe.

„Nein? Ihr wollt es mir nicht verraten? Soso. Na, das werden wir ja noch sehen.“ Jedes Wort unterstrich er mit einem weiteren Handschuhschlag. Mit großen Schritten und bösem Blick ging er dann auf die beiden Mädchen zu. Die Tür war immer noch offen. Carolin und Lina sahen sich den Bruchteil einer Sekunde an und wussten, dass sie den gleichen Gedanken hatten. Das war ihre Chance. Vielleicht die einzige. Sie warteten noch einen Moment, bis das Narbengesicht im Raum stand, dann nickten sie sich zu und flitzten los, so schnell sie konnten.

Nicht schnell genug. Sie kamen gerade mal einen Schritt vor die Tür, dann hatte sie Narbengesicht bereits eingeholt. Zuerst hatte er Lina erwischt, die mit ihrem verletzten Fuß nicht so schnell laufen konnte. „Hau ab, Caro. Kümmer dich nicht um mich! Lauf weiter!“, rief sie ihr noch zu, als sie der schwarze Mann an der Jacke festhielt.

Carolin blieb keuchend stehen. Nein, entschied sie dann. Ich kann Lina nicht allein mit diesem Monster lassen. Niemals. Sie kehrte um.

„Ha!“, höhnte das Narbengesicht und schubste beide unsanft zurück in ihr Gefängnis. „Hier kommt ihr so schnell nicht mehr raus. Dafür werde ich schon sorgen …“

Flucht in letzter Sekunde

Wenn man im Dunkeln sitzt und nichts tun kann, als vor sich hin zu starren, scheint die Zeit überhaupt nicht zu vergehen. Daher hatten Carolin und Lina auch nicht die geringste Ahnung, wie lange sie schon in dem schrecklichen Loch waren, als Carolin plötzlich Geräusche hörte.

Carolin packte Lina am Arm. „Hast du das gehört? Da war doch was?!"

Lina war offenbar etwas eingenickt, denn sie schreckte hoch. „Was? Wie?"

„Da! Da war was!"

„Ich hab nichts gehört."

Carolin lauschte eine Weile in die Dunkelheit. „Ich jetzt auch nicht mehr. Wahrscheinlich hab ich mich geirrt." Sie seufzte. „Was meinst du, was Husky-Auge mit uns vorhat?"

„Keine Ahnung", Lina rieb sich die Augen.

„Sie kann uns doch nicht einfach hier lassen, ich meine für immer, oder? Das ist doch Freiheitsberaubung."

„Sie wird nach Cinderella suchen lassen und wenn sie sie nicht findet, wird sie uns gehen lassen. Sie wird wegen nichts und wieder nichts keine Großfahndung riskieren."

„Psssst, sei mal leise! Da ist wieder dieses Geräusch. Hör doch!"

Für einen Moment wagte keines der beiden Mädchen zu atmen.

„Du hast Recht!", sagte Lina. „Da ist was! Los, wir schreien!" Und Lina begann aus Leibeskräften loszuschreien.

Auf einmal dröhnte es. *Rummmms!* Ein gewaltiger Krach ertönte, so, als würde jemand mit aller Wucht gegen die Tür treten. Wieder und wieder. *Rumms! Rumms!*

„Was ist das?" Carolin tastete nach Lina. „Narbengesicht?"

„Keine Ahnung", Linas Stimme klang verschreckt. *Rummmms!* Zu Tode erschrocken klammerten sich die beiden Mädchen aneinander. *Rummms!* Dann war kurze Zeit Ruhe. Dann wieder: *Rummms!* Kurz darauf ein gewaltiges Krachen, so, als hätte sich gerade ein Megagewitter entladen. Danach wieder Ruhe. Totenstille.

Dann ertönte eine Männerstimme. „Hallo, ist da wer? Lina? Bist du da?"

Lina krallte die Fingernägel in Carolins Arm. „Hörst du, was ich höre? Oder hab ich schon Halluzinationen? Caro, hat da gerade eben jemand meinen Namen gerufen?"

„Hallo, ist da wer?“ Die Stimme wurde lauter, der Mann kam näher und öffnete die Tür zum Gewölbe. In der Hand hielt er eine Taschenlampe, mit er jetzt den beiden Mädchen direkt ins Gesicht leuchtete.

„Madonna Santa! Hey, ihr zwei, spielt ihr hier Verstecken, oder was?“

Carolin und Lina wagten es jetzt endlich, aufzusehen – direkt in das grinsende Gesicht von Sebastiano.

„Du?“, hauchte Lina und sah aus, als wäre sie kurz davor in Ohnmacht zu fallen.

„Ich. Ihr macht ja Sachen. Wenn ich das gewusst hätte, hätt ich euch niemals mit in die große weite Welt genommen“, schimpfte er. „Wenn dir was passiert wäre, hätte mich Rocco mit einer dicken Feuerfontäne geradewegs in die Hölle geschickt!“ Er bekreuzigte sich und drückte dem Silberkreuz, das er als Anhänger um den Hals trug, einen dicken Schmatzer auf.

„Sebastiano“, stammelte Lina nur. Sie hielt sich an seinem Arm fest, denn ihr Fuß schmerzte immer noch gewaltig.

„Jetzt aber nichts wie raus hier, Mädels. Avanti, avanti!“

Kaum hatte er ausgesprochen, hörte man auch schon quietschende Reifen.

„Verdammt, das sind sie!“, schrie Carolin, die allmählich mit ihren Nerven vollkommen am Ende war, verzweifelt. „Jetzt ist alles aus.“

Lina zupfte an Sebastianos Hose. „Was sollen wir denn jetzt nur tun?“

Sebastiano nahm Lina an der einen, Carolin an der anderen Hand. „Keine Panik!“ Er drückte sich ans Fenster und schob vorsichtig den Vorhang zurück. „Ich hab vorhin mit dem Handy die Bullen alarmiert, die müssten eigentlich schon da sein. Wenn man sie nicht braucht, cavolo! sind sie sofort zur Stelle, aber wenn man sie mal braucht …“

Eine halbe Stunde später war der Spuk endlich vorbei. Die Polizisten waren gerade noch rechtzeitig gekommen und ließen die Handschellen an Narbengesichts und Elisabetta Demuros Händen zuschnappen. Carolin, Lina und Sebastiano sahen in sicherer Entfernung zu. Während Narbengesicht nur mit leerem Blick auf den Boden starrte, zerrte Frau Demuro an den Handschellen wie eine Wilde. Sie stieß wüste Beschimpfungen aus, tobte, schien wie von Sinnen. Ihre Augen funkelten wild. „Ich will das Fohlen haben, ich muss dieses Fohlen haben! Es gehört mir!“, kreischte sie dabei immer wieder. „Es steht mir zu!“

Die Polizisten sahen sich an und schüttelten den Kopf. „Ruhe jetzt! Fohlen gibt's wie Sand am Meer, dann kaufen Sie sich eben ein anderes, wenn Sie wieder auf freiem Fuß sind“, meinte einer der beiden beschwichtigend.

Wie eine Furie ging sie auf den Mann in Uniform los. „Sie haben ja keine Ahnung!“, schrie sie und schüttelte dabei den Kopf wie wild. „Nur dieses Fohlen hat die Gabe. Es hat die Gabe! Die Gabe! Nur dieses Fohlen ..."

Der Polizist tippte sich an die Stirn. „Total plemplem, die Alte!"

Kurz darauf hockten sie in Sebastianos Uraltkarre. Bei jeder Kurve hielt Carolin wieder die Griffe fest, um sicherzugehen, dass die Tür nicht wegflog, aber sie waren überglücklich. Denn es war nicht nur Sternentänzer dabei, auch Cinderella war hinten im Anhänger untergebracht. Sebastiano nahm einen großen Schluck aus seiner Rotweinflasche.

„Gut für den Hals", grinste Carolin.

„Und für die Nerven", nickte Sebastiano. „Madonna Santa. Bloß gut, dass ich schon früher zurückgekommen bin, um nach euch zu sehen."

„Wieso eigentlich?", erkundigte sich Lina.

Sebastiano fasste sich an seine lange, breite Knollennase. „Mein Zinken hat mich gewarnt. Der weiß immer mehr als ich. Zwei kleine Mädels allein mit einem Pferd, das riecht verdächtig nach Ärger, dachte ich so bei mir, und bin schnell zurück zum Gestüt gefahren. Und da hab ich Sternentänzer gefunden. Wild rumgezappelt und rumgetrampelt hat das Pferdchen, mich immer wieder am Ärmel gezupft." Er grinste und rieb sich den Ellbogen. „Sogar gezwickt hat er mich, bis ich's endlich begriffen hatte und ihm gefolgt bin. Na und dann hat mich euer schlaues Pferd zu eurem Versteck geführt, und dann hörte ich euch schreien. Und jetzt sitzen wir hier auf dem Weg nach Hause. Per carita, zum Glück!" Er schüttelte den Kopf und schnalzte mit der Zunge. „Dio mio, gar nicht auszudenken, was die Bande mit euch angestellt hätte!"

Carolin rieb sich die Hände. „Das Gesicht von Husky-Auge hätte ich gerne gesehen, als sie gecheckt hat, dass wir geflohen sind und alles umsonst war!"

„Warum nennt ihr diese Frau eigentlich Husky-Auge?", mischte sich Sebastiano ein.

„Weil sie gletscherblaue Augen hat wie ein Husky und noch dazu einen Blick, der einem das Blut in den Adern gefrieren lässt", erklärte Carolin.

„Das passt", nickte Sebastiano bedächtig.

„Was meinst du denn damit?", fragte Lina.

„Hab mich ein bisschen in dem Haus umgesehen, und alle Anzeichen sprechen dafür."

„Welche Anzeichen sprechen wofür?", wunderte sich Carolin.

„Na, die Bücher wie ‚Hexenwissen' oder ‚Die Welt der schwarzen Magie' oder die Bleikugeln, die im Wohnzimmer stehen …"

Lina stimmte eifrig zu. „So komische Dinge haben wir auch in unserem Versteck gefunden, stimmt's, Carolin?"

Carolin nickte. „Und wofür sprechen diese Anzeichen?"

Sebastiano senkte die Stimme und zog schnell wieder sein Kreuz hervor. „Dass es diese Frau mit dem Teufel zu tun hat."

„Was meinst du damit?“, fragte Carolin verblüfft. Mit einem Mal spürte sie einen eisigen Hauch, der sie umwehte wie aus einem Fenster, das man mitten im Winter zum Lüften öffnet.

„Sie ist diabolisch gezeichnet, teuflisch, nenn es wie du willst“, klärte sie Sebastiano auf. „Sie muss dieses Pferd unbedingt haben wollen, sonst hätte sie sich nie so weit herausgewagt.“

Er griff nach der Rotweinflasche und nahm einen kräftigen Schluck. „Dieses Pferd muss ja was ganz Besonderes sein!“

Ist es auch, dachte Carolin und plötzlich fiel ihr siedend heiß wieder ein, wie seltsam Sternentänzer reagiert hatte, als Elisabetta Demuro damals in Lindenhain war. Zum Glück konnte ihnen Husky-Auge nun nicht mehr gefährlich werden. Aber wo war Stone?

Ist Stone unschuldig?

„Nein, nein, nein. Ich kann das einfach nicht glauben!“ Carolin saß am nächsten Morgen kopfschüttelnd in Gunnars Büro. Gunnar hockte hinter seinem Schreibtisch.

„Doch Caro. Dein Lieblingsfeind Stone ist diesmal unschuldig. Diese Frau Demuro hat ihn wohl nur für ihre Zwecke benutzt.“

„Und warum ist er hier ständig rumgeschlichen? Ich bin sicher, dass er die Finger im Spiel hatte, Gunnar, hundertpro!“

„Stone sagte mir, dass er nur auf der Suche nach einem Job war“, erklärte er. „Und deswegen hier rumgeschlichen ist.“

„Ausgerechnet hier? Pah!“, machte Carolin. „Wer’s glaubt, wird selig.“

„Ist so, Caro. Mir schmeckt’s genauso wenig. Aber er hat sogar ein Alibi.“

„Bestimmt erstunken und erlogen! Oder gekauft!“, empörte sich Carolin und ballte die Fäuste.

Gunnar schüttelte den Kopf. „Vollkommen ausgeschlossen."

Carolin beugte sich über den Schreibtisch. „Und wie bitte willst du das so genau wissen?"

Gunnar lehnte sich zurück. „Stone war gar nicht hier. Er war zur fraglichen Zeit in Österreich bei einem Freund."

„Pah, kann ja jeder sagen!"

„Stone war zu schnell auf der Autobahn unterwegs. Es gibt ein Polizeifoto von ihm. Er war also tatsächlich und nachweisbar nicht hier."

Carolin legte die Stirn in Falten und kaute auf ihrer Oberlippe. „Das kann ich nicht glauben", murmelte sie. „Das kann ich einfach nicht glauben!"

„Ist aber so!" Gunnar schob nun seinen Cowboyhut in den Nacken und kratzte sich am Kopf. „Aber eines will mir so gar nicht in den Kopf: Warum setzt eine Frau, die eine gut gehende Anwaltskanzlei hat, so viel aufs Spiel, nur um an ein Pferd zu kommen? Cinderella ist ein Klassepferd, aber es deswegen gleich zu entführen? Es ging ihr ja auch offensichtlich nicht einmal darum, Lösegeld zu erpressen." Er schüttelte den Kopf. „Die Frau wollte einfach nur das Pferd, aus welchem Grund auch immer …"

„Keine Ahnung", sagte Carolin. Und dachte: *Wenn du wüsstest.*

„Jedenfalls", Gunnar stand auf. „Wird es Zeit, dass auf Lindenhain endlich mal wieder etwas Ruhe einkehrt." Er sah auf die Uhr. „Schon so spät, ich wollte doch noch einen Koppelzaun reparieren. Willst du mitkommen und mir helfen?“

„Klar“, nickte Carolin.

„Ich möchte nämlich mal mit dir in Ruhe über was Wichtiges reden.“

Gemeinsam stapften sie auf die hinterste Koppel. Gunnar packte einen Hammer und Nägel aus und fing an, eine heruntergefallene Holzstange wieder am Zaun fest zu nageln. Caro hielt die Stange dabei fest, damit auch alles ganz gerade wurde.

„Wir sollten uns mal über deine Zukunft unterhalten“, meinte Gunnar.

Carolin fiel aus allen Wolken. „Meine Zukunft?“, wiederholte sie überrascht. „Wie meinst du das?“

„Na ja, du willst doch bestimmt nicht ewig auf Lindenhain einfach nur so rumhängen.“

Carolin beschlich ein merkwürdiges Gefühl. *Was hat er jetzt vor? Will er mir sagen, dass ich nicht mehr zu dem umgebauten Hof passe? Dass ich mir einen anderen Reiterhof suchen soll?* „Aber ich hänge doch gar nicht rum, ich kümmere mich um Sternentänzer, den Stall, die anderen Pferde …“

„Eben, das meine ich ja“, sagte Gunnar und hämmerte mit wuchtigen Schlägen einen Nagel in die Holzstange.

„Was?“

Gunnar warf ihr einen Blick zu. „Ach, deine neue Haarfarbe kommt übrigens gut, gefällt mir … ja, was ich sagen wollte ist, du verschwendest dein Talent. Ich hab dir beim Reiten zugesehen, du hast es echt drauf. Und dein Sternentänzer sowieso."

„Ich versteh nur Bahnhof."

„Neulich saß ich mit Vicky zusammen und wir haben uns über dich unterhalten. Du solltest mit Sternentänzer Turniere reiten, an Dressurprüfungen teilnehmen, Distanzreiten, das können Araber sowieso am besten …"

„Ich weiß nicht."

„Es sei denn, es reicht dir, mit deinem Pferd durch die Wälder zu streifen und Pferdeäpfel zu transportieren."

„Und die Schule? Ich meine, da müsste ich doch bestimmt richtig viel trainieren", gab Carolin zu bedenken.

„Kriegst du schon irgendwie hin. Wenn man etwas wirklich will …"

„Meine Mutter killt mich!"

Doch Gunnar war nicht mehr zu bremsen. „Ich seh's schon vor mir, in dicken Neonlettern. *And the winner is: Carolin Baumgarten auf Sternentänzer vom Pferdehof Lindenhain*. Sternentänzers Box über und über mit Rosetten dekoriert, die ganze Pferdewelt spricht nur noch von Lindenhain …"

Carolin prustete los. „Du träumst ja, Gunnar."

Der sah sie ernst an. „Na und? Alle großen Dinge im Leben beginnen mit einem kleinen Traum. Als ich damals den heruntergekommenen Schuppen hier übernommen habe, habe ich von einem großen Gestüt geträumt und alle hielten mich für einen Spinner. Und jetzt graben die Bagger hinter dem Haus. Denk also wenigstens mal drüber nach."

„Fährst du mit mir Achterbahn?" Es war nach längerer Pause mal wieder Vaterausflugstag und Paul hatte die glorreiche Idee gehabt, mit Carolin zu einem kleinen Jahrmarkt zu fahren, der im Nebendorf gastierte. Carolin liebte die Achterbahn.

Paul schüttelte den Kopf. „Was? Nein, fahr allein!"

„Ach komm, allein hab ich keine Lust!", drängelte Carolin. Sie war aufgekratzt, sie freute sich, dass Paul mal wieder Zeit hatte, mit ihr etwas zu unternehmen, was in letzter Zeit leider nicht allzu häufig vorgekommen war.

„Caro, mir ist es auch schon ohne ganz schwindelig", sagte er mit einer Stimme, die keinen Widerstand duldete.

Carolin gab auf. „Schade."

Eine Weile schlenderten sie wortlos nebeneinander her. Carolin mampfte die Zuckerwatte, die sie als Entschädigung für die Achterbahnfahrt bekommen hatte, Paul hatte seine Hände tief in den Hosentaschen versenkt und blickte auf den Boden, als wollte er sich das Asphaltmuster einprägen. Carolin betrachtete ihren Vater von der Seite. Er sah nicht besonders gut aus. Seine Augen wirkten müde, um seine Mundwinkel hatten sich tiefe Falten eingegraben und sein Gesicht wirkte bleich unter der Sonnenbräune. Außerdem schimmerten unter seinem früher dichten Haar schon erste kahle Stellen.

„Bestimmt weißt du schon …“, begann er dann.

„Das mit Rosanna und Mama und dir?“, fiel ihm Carolin ins Wort und konnte sich kaum ein kleines Grinsen verkneifen, wenn sie an den Kaffeeklatsch dachte.

Paul zog die Augenbrauen in die Höhe, betrachtete aber weiter nur den Asphalt. „Tja, genau das.“

„Was du mit Rosanna machst, das ist dein Ding, aber wenn du Mama verarschst, dann bekommst du's mit mir zu tun“, mahnte ihn Carolin streng.

Er kickte eine leere Coladose vor sich her. „Verarschen ist das falsche Wort.“

„Ach ja, und wie nennst du's dann?“

Zack. Der nächste Tritt gegen die Dose. „Als ich deine Mutter sah, war das Liebe auf den ersten Blick. Ihre Augen, ihre schöne Figur, ich wusste sofort: die oder keine. Und dann kamst du, und ich war der glücklichste Mensch auf Erden.“

„Und was ist dann passiert?“

Paul seufzte. „Nichts. Einfach gar nichts. Vielleicht ist deswegen alles schief gegangen. Wir haben so vor uns hin gelebt. Jeder machte sein Ding, ich meinen Job, Ines hat sich um dich gekümmert, und irgendwo auf dem Weg haben wir uns verloren.“

„Wie Hänsel und Gretel im Wald.“

Paul nickte. „Nur, dass wir vergessen haben, Brotkrumen und Hähnchenknochen zu verstreuen, um den Weg zurück zu finden. Wir haben angefangen, uns um Kleinigkeiten zu zoffen, mal war sie beleidigt, dann ich."

„Und dann kam Rosanna und die war lieb zu dir."

„Ja, genauso war's." Er pfefferte die Coladose in die Büsche. „Sie hat mich gefragt, wie's mir geht, wie ich mich fühle, und sich um mich gekümmert."

„Und dir Körnerklopse gekocht."

„Au ja. Mein Gott, waren die scheußlich."

Carolin grinste. „Damals hast du sie mit einer Wonne verspeist, als wäre es Mousse au chocolat."

„Tja, das war damals."

„Und warum sitzt die liebe Rosanna heute zusammen mit meiner Mutter in unserem Wohnzimmer und heult wegen dir?"

„Damals, als sie schwanger war, weißt du noch ..."

„Und ob!"

„Da haben wir uns irgendwie auseinandergelebt."

Carolin seufzte. „Wieder die Hänsel-und-Gretel-Nummer?"

„Genau die. Und es hat mir gut getan, mit deiner Mutter zu sprechen. Sie war wie eine Freundin für mich." Er seufzte. „Wir haben sogar schon von einem Neuanfang gesprochen. Wir drei wieder zusammen, du, ich, deine Mutter. Aber dann hat sie wohl doch kalte Füße bekommen. Verschwindet einfach spurlos aus dem Restaurant, während ich auf der Toilette war. Keine Ahnung, was sie da geritten hat. Tja, und seitdem sind wir wieder an dem Punkt angelangt, an dem wir nur das Notwendigste reden. Nur Dinge, die dich betreffen."

Carolin überlegte. *Soll ich ihn darauf ansprechen oder nicht? Ja!* „Sag mal Paps, kennst du eine Linda?"

„Sollte ich?"

Carolin checkte die Reaktion ihres Vaters ganz genau. Aber der Name schien ihm tatsächlich nicht allzu geläufig. *Wäre Linda seine neue Freundin, müsste er jetzt gestehen*, dachte sie. *Mich lügt er nicht an. Hoffentlich!* „Denk mal ganz genau nach!"

„Linda? Linda? Ein Mädchen aus deiner Klasse?"

„Nicht von mir, aus deinem Bekanntenkreis."

„Lass mich mal überlegen. Da gibt es eine Linde, Linde Rosen, das ist meine Zugehfrau und ich kenne eine Laila, ein marokkanisches Mädchen, das mein Kollege Willi geheiratet hat, aber Linda? Wüsste ich nicht."

„Und du verschweigst mir auch nichts, Paps? Du sagst mir die Wahrheit? Du weißt ja, seine Kinder beschwindelt man nicht!" Carolin sah ihn streng an.

Paul schüttelte den Kopf. „Warum sollte ich denn? Würde ich eine Linda kennen, ich schwöre, ich würde es dir jetzt auf der Stelle verraten."

Carolin legte die Stirn in Falten. *Irgendeiner von meinen lieben Eltern ist komplett balla-balla*, dachte sie. *Hoffentlich hab ich das nicht geerbt.*

„Aber warum fragst du denn eigentlich so hartnäckig nach?"

Dann erzählte ihm Carolin die Geschichte von ihrer Mutter und der Linda-SMS.

Paul schlug sich mit der flachen Hand gegen die Stirn. „Deswegen ist Ines an diesem Abend so schnell verschwunden. Und ich zermartere mir mein Hirn und verstehe die Welt nicht mehr. Jetzt wird mir manches klar!“ Dann prustete er los.„Töchterchen, merk dir diese Lektion gut. Das kommt dabei raus, wenn man in den Sachen anderer Leute rumschnüffelt.“

„Und was bitte ist daran so furchtbar witzig?“, fuhr ihn Carolin erbost an. „Ich kann Mama sehr gut verstehen!“

„Das war gar nicht mein Handy! Ich hab mir an diesem Abend das Telefon von Bernd, meinem Kollegen, ausgeliehen, weil meins leer war, ich den Akku zu Hause vergessen hatte, aber noch einen wichtigen Anruf machen wollte. Die SMS war für Bernd, den alten Schwerenöter! Damals war es noch eine Linda, heute ist es eine Sandra.“

„Oh nein!“ Carolin verdrehte die Augen gen Himmel, dann kam ihr ein Gedanke. „Aber wenn das nur ein Missverständnis war, dann könntest du es doch Mam so erklären und alles wäre wieder gut?“

Paul schüttelte den Kopf. „Nee, so läuft es nicht, Caro. Weißt du, zu einer Beziehung gehört Vertrauen und wenn Ines beim geringsten Verdacht sofort wegläuft, ohne mir ein Wort zu sagen, nee. Sie hätte mir wenigstens die Chance geben müssen, mich zu verteidigen. Das steht selbst Schwerverbrechern zu. Aber einfach beleidigt abhauen …“

Da musste Carolin ihrem Vater Recht geben. „Und

jetzt? Was willst du tun? Willst du wieder zurück zu Rosanna?"

„Jetzt weiß ich nicht mehr, was ich will. An diesem SMS-Abend wusste ich es noch, aber heute …" Er hielt inne und sah sie nachdenklich an. „Mit einer ganz großen Ausnahme, die kurze braune Haare hat und freche braune Augen. Du bist die wichtigste Frau in meinem Leben und das Beste, was mir passieren konnte. Dich wollte ich immer und werde ich immer wollen, das ist so ziemlich das Einzige, was ich im Moment über mein Leben sagen kann."

Carolin legte die Stirn in Falten. „Oje, so schlimm?"

Paul nickte betreten. „Ich wollte immer alles richtig machen und hab wohl alles falsch gemacht."

Plötzlich überkam Carolin eine ganz große Portion Mitleid mit ihrem Vater. Wie er da stand, so traurig und mit hängenden Schultern. „Weißt du was Paps, nächste Woche nehm ich dich mal mit nach Lindenhain. Ich stell dir meinen Sternentänzer vor und bis dahin hat Cinderella vielleicht auch schon ihr Fohlen. Was meinst du?" Sie strahlte ihn an und freute sich, dass sie ihm das größte Angebot gemacht hatte, das ging.

„Das wär toll, das machen wir." Er seufzte und tätschelte ihre Hand. „Musst dir keine Sorgen um deinen alten Vater machen. Ich häng gerade irgendwie in der Luft, verstehst du?"

Carolin seufzte. „Das kenn ich gut." Sie hakte sich bei ihm unter. „Muss ich wohl von dir geerbt haben."

Er sah sie mit einem Blick an, der selbst einen Eisblock zum Schmelzen gebracht hätte. „Bist du denn auch sauer auf mich?“

Carolin musste keine Sekunde überlegen. „Du bist und bleibst mein Papa. Und wenn du noch so viel Mist baust. Aber ehrlich gesagt bin ich schon ganz froh, dass ich mich jetzt nicht an irgendeine Linda gewöhnen muss.“

Paul drückte sie ganz fest an sich. „Ich bin so froh, dass ich dich habe!“

„Kannst du auch sein.“

„Ach weißt du, Caro, Erwachsensein ist manchmal ganz schön kompliziert“, seufzte er.

Carolin nahm seine Hand. „Ach weißt du, Paps, Kindsein kann manchmal auch ganz schön schlauchen!“

Paul strich ihr liebevoll über die Haare. „Und jetzt fahren wir Achterbahn, Kleines.“

Marienkäfer und Black Beauty

Als am nächsten Morgen der Radiowecker losging, hatte Carolin endlich mal wieder eine Nacht hinter sich, in der sie nicht Albträume von Cinderella, Sternentänzer oder Stone geplagt hatten. Die Vögel zwitscherten durch das Fenster, der Sender spielte zuerst ihr Lieblingslied, dann kündigte er einen sonnenwarmen Tag an. Carolin fühlte sich so wohl wie schon lange nicht mehr. Sie zog sich fröhlich pfeifend an und hüpfte hinunter in die Küche. Zum Frühstück verspeiste sie ein halbes Nutella-Glas plus zwei Croissants, schlürfte einem halben Liter Saft und nahm sich vor, Ines später mit den Einkäufen zu helfen. Wird Zeit, dass ich mich mal wieder um mein Mutter-Tochter-Verhältnis kümmere, dachte sie. Außerdem muss ich Mam unbedingt über die Linda-SMS aufklären. Kurz darauf kam Ines in die Küche. Sie gähnte und rieb sich die Augen.

„Du bist schon auf? Dabei ist doch heute Samstag und du könntest ausschlafen“, wunderte sie sich.

„Ich will unbedingt zu Sternentänzer", erwiderte Carolin. „Und außerdem mache ich mir Sorgen wegen Cinderella."

„Das sind ja mal ganz neue Töne." Ines ging zum Toaster und steckte zwei Scheiben hinein. Dann stellte sie die Kaffeemaschine an. „Du und deine Pferde!", murmelte sie kopfschüttelnd, doch es ging unter im Zischen und Gurgeln der Maschine.

Carolin hätte den ganzen Weg über nach Lindenhain nur singen mögen, doch als sie so quietschvergnügt wenig später die Torauffahrt zum Pferdehof hinunterschoss und den schlammgrünen Range Rover von Tierarzt Doktor Schulz am Haupthaus stehen sah, war es mit ihrer Spitzenlaune auf einen Schlag vorbei. Als sie zu den Ställen laufen wollte, landete sie geradewegs in den Armen des Doktors, der zusammen mit Nick über den Hof ging. Das konnte nichts Gutes bedeuten.

„Was ist mit Cinderella, Herr Doktor?", presste sie aufgeregt hervor.

„Tja", machte er und legte sein Gesicht in besorgte Falten. „Der Geburtstermin ist ja nun bereits verstrichen. Alle Anzeichen kündigen die bevorstehende Geburt an, die Eutergegend ist stark angeschwollen, an den Zitzenöffnungen haben sich bereits Harztropfen gebildet …"

„Aber?", unterbrach ihn Carolin.

„Nichts aber. Noch tut sich weiter nichts, was merkwürdig ist, denn allen Anzeichen nach müsste sie bereits gebären", erklärte Doktor Schulz.

„Möglicherweise sind die Aufregungen der letzten

Zeit nicht ganz spurlos an dem Pferd vorüber gegangen", vermutete Nick.

„Tja", machte Doktor Schulz. „Wir können nur abwarten."

„Aber ... Sie können Cinderella jetzt doch nicht allein lassen!", rief Carolin entsetzt, als Doktor Schulz Anstalten machte, in seinen Wagen zu steigen. „Sie müssen doch bei ihr bleiben!"

Wenn Nick sie nicht gerade noch rechtzeitig zurückgehalten hätte, hätte sie Doktor Schulz an seiner Jacke festgehalten.

„Manchmal lässt sich die Stute gar nichts anmerken. Man kommt am nächsten Morgen und findet ein Fohlen an ihrer Seite!" Doktor Schulz nickte Nick kurz zu. „Sie haben ja meine Handynummer, geben Sie mir kurz Bescheid, wenn's losgeht", sagte er, schloss die Autotür und brauste davon.

Carolin sah dem Wagen hinterher. „Der kann doch nicht einfach so abhauen. Jetzt?"

Nick legte den Arm um sie. „Hat ja Recht, man kann echt nichts tun, obwohl ..."

„Obwohl was?"

„Na ja, der Doktor steht ja kurz vor seiner Pensionierung. Sogar einen Nachfolger soll es schon geben. Da ist er vielleicht mit mehr ganz so bei der Sache ..."

„Siehst du", kreischte Carolin verzweifelt und sah Nick mit großen angstvollen Augen an. „Was, wenn Doktor Schulz sich irrt? Was, wenn Cinderella stirbt? Und Sternentänzers Fohlen?"

Nick zuckte nur die Schultern. „Wird schon wissen, was er tut“, meinte er. Doch Carolin spürte ganz genau, dass auch er Angst um das Leben der Stute hatte.

Es gibt nichts Schlimmeres, als warten zu müssen. Als untätig herumsitzen zu müssen. Nichts tun zu können. Carolin war wütend und traurig zugleich. Sie fühlte sich so hilflos und das Nichtstun zerrte derart an ihren Nerven, dass sie im Gemeinschaftsraum in Lindenhain erst mal eine Tafel Joghurtschokolade, eine Packung Chocolat-Chip-Cookies und zwei Portionen Erdbeereis in sich hineinstopfte. Einfach so, um das tiefe dunkle Loch in ihrer Seele zu stopfen. Damit alles besser rutschte, kippte sie zwei große Gläser Limo hinterher. Statt Mittagessen und in der Hoffnung, sie würde einfach platzen. Sich auflösen. Danach fühlte sie sich aber nur noch schlechter. Um sich abzulenken und ein paar Kalorien wieder loszuwerden, beschloss sie dann, sich um Sternentänzer zu kümmern. Er stand seltsam traurig in eine Ecke gedrückt und ließ etwas bedrückt den Kopf hängen.

„Na du?“, Carolin streichelte ihm über die Nüstern. „Machst dir auch Sorgen um deine kleine Familie, stimmt's? Was ist nur los mit Cinderella? Worauf wartet sie?“

Sternentänzer hob nur einmal kurz den Kopf und sah sie aus großen Augen an. Für den Moment eines

Lidschlages hatte Carolin das Gefühl, als würde sie darin eintauchen, als könnte sie in seinem Herzen lesen. Und da war keine Angst, keine Verzweiflung zu spüren, was Carolin verwunderte.

„Weißt du was? Ich mach dir dein Lieblingsessen", beschloss sie dann. Sie bereitete ihm eine Extraportion Kraftfutter, ein Gemisch aus Kleie und Hafer. Normalerweise schmatzte Sternentänzer gleich den ganzen Eimer leer, doch heute schnaubte er nur einmal lustlos hinein. Zärtlich strich sie über seinen seidenweichen Rücken. „Du Armer, kannst auch nichts tun, ich weiß!" Als habe sie mit ihren Worten etwas in ihm berührt, drehte sich Sternentänzer plötzlich immer wieder in der Box um, scharrte, stieß Luft durch die bebenden Nüstern. Carolin hatte größte Mühe, ihn zu beruhigen. „Schsschscht, alles wird gut."

Sie schlang die Arme um seinen Hals und bedeckte ihn mit vielen kleinen Küsschen. „Mein Allerallerliebster, alles wird gut gehen." Sternentänzer schnaubte nur ungerührt weiter.

„Weißt du was", sagte Carolin dann wild entschlossen. „Wenn wir beide hier rumstehen und Trübsal blasen, helfen wir niemandem. Wir putzen dich jetzt richtig sauber, damit dein Fohlen gleich sieht, was für einen hübschen Paps es hat." Mit einem Gartenschlauch bewaffnet ging sie in den Hof. Dann holte sie Sternentänzer aus dem Stall und band ihn fest. „So, dann wollen wir mal."

Doch Sternentänzer schien von ihrer Idee ausgesprochen wenig zu halten. Er wartete ab, bis Carolin mit einem Eimer voll Seifenlauge neben ihm stand, dann schüttelte er sich und Carolin war nasser als er.

„Wahhh, bei dir piepts wohl!“, kreischte die klatschnasse Carolin. Der zweite Versuch endete genauso. „Na warte!“ Wild entschlossen nahm Carolin den Schlauch, stellte den Strahl sanft ein und begoss Sternentänzer. Diesmal hielt das Pferd ganz still. „Ja, das gefällt dir, oder?“ Das offenbar ja. Aber sobald Carolin sich mit dem Eimer näherte, war es mit seiner Geduld zu Ende und er veranstaltete den gleichen Zirkus. Irgendwann gab Carolin ihre Versuche auf. „Tja“, seufzte sie und ließ den Schwamm im Eimer hin und her fahren wie Papierschiffchen auf einem See. „Hast ja Recht. War nur ein billiger Versuch, uns beide abzulenken.“

Während ihrer Waschorgie waren Ferdi und seine Mutter aus Berlin eingetrudelt. Sie wollten bei der Geburt von Cinderellas Fohlen dabei sein und waren höchst entsetzt, als sie erfahren mussten, dass es noch dauern konnte. Und dass keiner wusste wie lange.

Ferdis Mutter ging, ihre Gucci-Sonnenbrille in der Hand schaukelnd, im Hof auf und ab, blickte kontinuierlich auf die Uhr und machte allen klar, dass sie um 20 Uhr wieder in Berlin sein musste. Um jeden Preis. Und dass es ein Skandal sei, dass sie den ganzen langen Weg umsonst gekommen war. Und ob man nicht einen Kaiserschnitt machen könnte, dann könnte man die Geburt wenigstens besser timen.

Nachdem Carolin Sternentänzer zurück in den Stall gebracht hatte, hockte sie sich neben Ferdi auf die Bank unter der Linde. Der schielte sie von der Seite an. „Wie siehst du denn eigentlich aus?“

„Hab mir die Haare verfärbt“, murmelte Carolin verlegen und wünschte ihre Basecap herbei.

„Wieso Haare? Ich meinte dein Shirt. Du siehst aus, als wärst du in euren Teich geplumpst.“

Da wurde Carolin erst bewusst, dass sie noch immer die nassen Klamotten von der Pferdewäsche anhatte. „Äh, ja, so ähnlich!“

„Tja, dann“, machte Ferdi. „Deine Haare find ich übrigens cool. Tolle Farbe. Besser als sonst.“

„Tja“, machte Carolin. *Soll ich ihn für diese bescheuerte Bemerkung nun knutschen oder ohrfeigen?*

Ferdi scharte mit seinen Füßen auf dem Boden. „Sag mal, wie soll unser Fohlen eigentlich heißen?“, erkundigte er sich dann.

Carolin schnellte hoch, als wäre sie von einer Wespe in den Allerwertesten gepiekst worden. Dass ihr diese Frage nicht selbst eingefallen war! „Stimmt. Es hat ja noch gar keinen Namen!“

„Das darf doch nicht wahr sein. Kurz vor der Geburt hat das Fohlen noch keinen Namen.“ Ferdi schüttelte den Kopf. „Na, dann wird's aber langsam Zeit.“

Caro fuhr sich mit beiden Händen durch die kurzen Haare. Bei den Aufregungen der letzten Tage hatte sie daran überhaupt nicht gedacht. „Tja, wie wollen wir Sternentänzers Fohlen eigentlich nennen?“

„Sternentänzers und Cinderellas!“, korrigierte Ferdi und redete dann gleich eifrig weiter ohne Punkt und Komma. „Wenn es schwarz wird, so wie Cinderella, und es wird wohl schwarz werden, weil sich die dunklere Farbe genetisch bedingt eher durchsetzt als die hellere, dann wäre ich für Black Beauty.“

Carolin verdrehte die Augen. „Erstens weißt du bei dem Namen nicht einmal, ob es sich um eine Stute oder einen Hengst handelt. Zweitens ist das doch wohl der abgedroschenste Pferdename, den es seit Jahrtausenden gibt. Und drittens hoffe ich doch schwer, dass sich Sternentänzers Gene auch durchsetzen werden“, brummte Carolin. *Und vor allem ein ganz bestimmtes,* fügte sie in Gedanken hinzu, steckte die Hände schnell in die Hosentaschen und drückte ganz fest die Daumen. „Okay, dann nennen wir's eben … Lara Croft, wenn's eine Stute wird“, unterbrach Ferdi ihre Gedanken.

„Wie bitte?“

„Lara Croft, du weißt schon, die coole Type aus Tomb Raider.“

Caro tippte sich mit dem Zeigefinger an die Stirn. „Nur über meine Leiche, du tickst wohl nicht mehr richtig!“

„Na gut, dann nennen wir es eben … Marienkäfer.“

„Marienkäfer“, wiederholte Caro entsetzt. „Sag mal, geht's noch …“, gerade wollte sie Ferdi zur Schnecke machen, doch dann sah sie in sein grinsendes Gesicht.

„War nur'n Joke", kicherte er und klatschte begeistert in die Hände.

„Idiot!", fauchte Carolin.

Auf einmal beschlich sie ein erschreckender Gedanke. Zur Hälfte gehörte das Fohlen ja Cinderella, also Ferdi. Wenn es nun tatsächlich Sternentänzers Gabe erben sollte, musste sie es dann nicht Ferdi erzählen? Konnte sie das Geheimnis für sich behalten? Es einfach verschweigen? *Mal langsam, Caro*, versuchte sie dann, sich zu beruhigen. *Vielleicht wird es ja auch nur ein ganz normales Pferd? Wie Cinderella. Und wenn es doch wie Sternentänzer in die Zukunft blicken kann, weiß Ferdi nichts davon und würde es auch niemals herausfinden. Nicht in hundert Jahren würde der Feigling nachts ausreiten. Und außerdem: Noch gab es noch gar kein Fohlen. Und wenn nicht bald ein Wunder geschehen würde, würde es vielleicht auch niemals eines geben.*

Ferdis Stimme riss sie aus ihren Gedanken. „Hier, hätt ich beinahe vergessen", sagte er und hielt ihr ein Paket hin. „Ein Geschenk."

„Für mich?"

„Nein, eigentlich für euren Hofhund. Natürlich für dich, für wen denn sonst!"

„Danke", sagte Carolin erfreut, schnürte das Paket auf und beförderte ein Gerät zutage.

„Was ist denn das? Sieht aus wie ein Staubsauger."

„Ist auch einer", nickte Ferdi.

Carolin legte den Kopf zur Seite und sah Ferdi wütend an. „Was geht denn bei dir ab? Tickst du noch richtig? Hast du dich mit meiner Mutter verbündet? Was soll ich denn mit um Himmels willen damit? Den Fußboden saugen?“

Ferdi klatschte sich vor Begeisterung auf die Schenkel. „Nicht den Boden, die Pferde.“

Carolin guckte ihn an, als hätte er vollkommen den Verstand verloren. „Pferde?“

Ferdi nahm ihr das Gerät aus der Hand. „Ja, hab ich im Internet entdeckt, gibt's noch gar nicht so lange. Hier, am Ende des Schlauchs steckt eine besondere Bürste. Damit kannst du Staub und Haare vom Pferdekörper absaugen, ist doch voll cool. Ich dachte, du freust dich. Ist doch voll ätzend, an den Pferden stundenlang mit der Hand rumzuputzen!“

„Ferdi, das tu ich echt, total. Ich bin außer mir vor Freude“, nickte Carolin. *Geh Eishockey spielen*, dachte sie.

Als sie da so stand, in der einen Hand den Staubsauger, mit der anderen Hand winkte sie Ferdi nach, raste auf einmal Nick mit seinem Motorrad auf den Hof. Mit mindestens 80 Sachen. Er, der Übervorsichtige. Er sprang von der Maschine und rannte in voller Motorradkluft auf Carolin zu.

„Geht's noch, Nick? Was, wenn plötzlich ein Pferd um die Ecke kommt?“, fuhr ihn Carolin erzürnt an.

„Sorry, hatte es eilig. Sind sie schon weg?“, fragte er atemlos.

„Wer denn?“ erkundigte sich Carolin scheinheilig, obwohl sie genau wusste wen er meinte, und warum.

Nick öffnete seine Lederjacke und reckte seinen Hals. „Na Ferdi, die Reifenbachs.“

„Ferdi, ja, der ist gerade eben abgerauscht.“ Carolin dehnte jedes Wort wie Kaugummi.

„Und, war er allein da?“

Carolin stellte sich dumm. „Seit wann interessierst du dich denn so für Ferdi?“

Nick fingerte am Verschluss seines ferrariroten Helms herum. „Gar nicht.“

„Und warum fragst du dann?“, fragte Carolin scheinheilig.

Nick setzte den Helm ab und fuhr sich durch die blonden Haare. „Ach, nur so.“

„Nur so, aha.“ Carolin grinste in sich hinein. Es machte mächtig Spaß, ihn auf die Folter zu spannen. „Ferdi war nicht allein, seine Mutter war auch dabei.“

Nick betrachtete seinen Helm so intensiv, als würde er ihn zum ersten Mal sehen. „Und … noch jemand?“

Sie beschloss, Nicks Qualen ein Ende zu bereiten. „Wenn du wissen willst, ob Nina auch dabei war, nein, war sie nicht, Ferdi war allein hier.“

Nick legte die Stirn in Falten und sah sie fragend an. „Was meinst du …?“

„Spar dir das Getue. Ich kenne dein süßes Geheimnis“, grinste Carolin.

„Was meinst du denn?“

„Du und Nina." Carolin spitzte die Lippen und küsste in die Luft. „Mah!"

„Du weißt das ... wie ... hat Ferdi?", wunderte sich Nick und kratzte sich verlegen am Ohr.

Carolin schüttelte den Kopf. „Der hat dicht gehalten. Ich hab euch zusammen gesehen, neulich im Stall."

Nick sagte nichts, räusperte sich nur immer wieder, als hätte er eine ganze Froschfamilie im Hals.

„Jaja, von wegen Zimtzicke und arrogante Pute!", grinste Carolin.

Nick scharrte mit seinen dicken Stiefeln im Sand. „Es ist einfach so passiert. Ich kann's dir gar nicht erklären. Es war wie ..."

„Magie", ergänzte Carolin.

„Magie? Ja, vielleicht, jedenfalls war da dieser eine Moment, als sie mich ansah, mit diesen herrlichen Augen, da war es um mich geschehen." Er schielte Carolin an. „Findest du es schlimm?"

Carolin zuckte die Schultern. „Mein Fall wär sie nicht, aber wenn du meinst. Aber Nick, sie kann nicht mal reiten, ihr passt überhaupt nicht zusammen!"

Nick zuckte die Schulter. „Trotzdem."

„Eine Kardätsche hält die wahrscheinlich für 'ne neue Make-up Sorte ..."

Nick legte gönnerhaft die Hand auf ihre Schulter. „Manchmal können sich auch Gegensätze anziehen. Aber das verstehst du wahrscheinlich noch nicht, liebe Carolin. Da bist du noch zu jung dafür."

Da hätte ihm Carolin am liebsten die Zunge rausgestreckt. Aber zuvor musste sie noch etwas klären. „Du, Nick?“

„Was denn?“

„Was genau findest du an Nina eigentlich so toll? Sie ist arrogant, zickig …“

Nick schüttelte den Kopf. „Hätte nicht gedacht, dass du Nina so schlimm findest. Caro, du kennst sie doch überhaupt nicht. Gib ihr eine Chance. Dieses ganze Getue ist nur Fassade. Wenn du sie erst mal besser kennen lernst, wirst du schon merken, dass sie eine ganz Süße ist …“

Amis Rat

Carolin hockte in der Stallgasse auf dem Boden, fuhr sich mit den Fingern durch die Haare. „Dieses Rumsitzen und Warten macht mich noch ganz fertig. Wann kommt denn nur endlich das Fohlen! Ich wünschte, ich könnte mit den Fingern schnipsen und alles wäre in Ordnung ...“, jammerte sie.

Lina sah sie mit großen Augen an. „Mit den Fingern schnipsen vielleicht nicht, aber wir könnten doch Ami fragen, ob sie nicht irgendein Kräuterchen für das Pferd hat!“, schlug sie vor.

Carolin sprang auf und klopfte sich das Stroh vom Hosenboden. „Dann nichts wie los!“

Carolin erinnerte sich noch überdeutlich an ihren ersten Besuch bei Linas Großmutter. In der Hexenküche, die eigentlich ein ganz gewöhnlicher Wohnwagen war. Ganz gewöhnlich, bis auf kleine, schwarze Kräuterhäufchen die überall an den Tür- und Fensterrahmen klebten. Und bis auf Amis Spezial-Holzschrank, die Art von Schrank, in dem man normalerweise Geschirr und Tassen verstaute. Doch in diesem Schrank waren in vielen Regalen Gläser aufgereiht. Gläser mit merkwürdigem Inhalt. In einem eine Portion toter Insekten. Auf einem anderen Glas pappte ein Schild mit der Beschriftung „Wurzeln“, auf dem nächsten stand „Kräuter“, auf dem übernächsten „Käfer“. Und dann gab es noch die ekligste Abteilung: „Zerstoßene Knochen“. Beim ersten Mal wäre sie bei dem Anblick beinahe in Ohnmacht gefallen, mittlerweile konnte sie schon ganz ohne Gänsehaut in den offenen Holzschrank schauen. Inzwischen hatte sie sogar die merkwürdige alte Frau mit den wilden grauen Wallehaaren, dem braun gebruzelten Gesicht und den geheimnisvollen grünen Augen beinahe schon lieb gewonnen.

Ami lächelte Carolin und Lina breit an mit ihrem zahnlosen Mund. „Ihr braucht Hilfe“, sagte sie und sah die beiden Mädels so an, als würde sie die ganze Geschichte bereits kennen.

Während sie am Tisch saßen und auf den Tee warteten, den Ami gerade zubereitete, stieß Carolin Lina in die Seite. „Hast du ihr etwa schon alles erzählt?“

Lina schüttelte den Kopf. „Kein Wort. Aber du weißt ja, Ami hat den Durchblick …“

Die alte Frau goss den beiden Mädchen Tee in große Becher und setzte sich zu ihnen.

„Kennen Sie nicht irgendeine Kräutermischung für ein krankes Pferd? Kamillenblüten mit Hopfenextrakten, Krötenschenkel mit Vanillepudding, getrockneter Storchenschweiß oder was weiß ich?“, brach es dann aus Carolin heraus. „Cinderella stirbt! Und mit ihr Sternentänzers Fohlen, Sie müssen uns unbedingt helfen."

Die alte Frau sagte nichts, schüttelte nur den Kopf. „Ihr seid viel zu ungeduldig."

„Pah!", machte Carolin.

„Mehr kannst du uns nicht sagen?", fragte Lina.

„Die Natur wird es richten. Alles braucht seine Zeit. Es gäbe keinen Frühling, wenn es zuvor keinen Winter geben würde." Sie beugte sich zu Carolin und sah ihr tief in die Augen. „Lass deinem Pferd die Zeit, die es braucht."

In diesem Moment, als Carolin in die Augen der alten Frau blickte, die so tiefgrün schimmerten wie ein Gletschersee, fühlte sie irgendwo tief in ihrem Bauch, dass alles gut gehen würde.

„Dennoch." Ami stand auf und öffnete ihren geheimnisvollen Schrank. Dann nahm sie zwei Gläser heraus und füllte jeweils eine Messerspitze des Inhalts auf ein großes Kastanienblatt. Dies rollte sie zusammen, als wäre es eine Kohlroulade, und band es mit einem Bindfaden fest. „Dies hier legst du dem Pferd in die Ecke seiner Box. Unter das Stroh. Es wird der Stute Kraft geben, denn es wird eine sehr, sehr schwere Geburt."

Carolin nahm das Päckchen und steckte es in ihre Hosentasche. „Vielen Dank, Ami." Sie zögerte einen Moment. „Da ist noch etwas", sagte sie dann und erzählte Ami von ihren erfolglosen Versuchen, mit Sternentänzer in die Zukunft zu blicken. Nein, sie erzählte es nicht, es sprudelte einfach so aus ihr heraus. „Ich verstehe einfach nicht, was mit ihm los ist!“ Carolin war jetzt so aufgewühlt, dass sie in ihrem grünen Tee mit Ginseng-Pflaume-Geschmack rührte, als wäre es ein Becher Milch, den sie zu Sahne schlagen wollte. „Ich blick's einfach nicht.“

„Ami, gibt es denn kein Orakel, das du fragen kannst?“, löcherte Lina ihre Großmutter. „Knochen? Oder Muscheln? Mäusehaare?“

„Oh nein, dafür gibt es keine Zauberformel ...“, lächelte Ami.

„Sie waren unsere letzte Hoffnung“, seufzte Carolin, ohne aufzuhören, in dem Tee zu rühren.

„Mann, Ami ...“, drängelte Lina.

Ami lächelte fein, ihr Gesicht legte sich dabei in hunderttausend Falten. „Lasst doch eine alte Frau erst mal zu Ende sprechen ...“

Carolin ließ den Löffel auf den Tisch fallen. „Heißt das, es gibt doch eine Möglichkeit?“

Ami blickte sie an mit ihren merkwürdigen Augen.

„Es gibt im Leben immer eine Möglichkeit“, sagte sie dann.

Lina packte ihre Großmutter am Arm. „Ami, bitte!!! Sag schon!!!“

Die alte Frau sah Carolin an. „Wie lautete die Frage, die du deinem Pferd gestellt hast?“

Daran erinnerte sich Carolin noch ganz genau. „Ich wünschte, ich wüsste, wo Frank Stone Cinderella versteckt hält, hab ich Sternentänzer gefragt.“

„Eben“, nickte Ami.

Carolin schielte zu Lina, doch auch sie schien nicht zu verstehen, was Ami meinte.

„Allerliebste Großmutter, könnest du bitte aufhören in Rätseln zu sprechen und uns aufklären“, sie beugte sich zu der alten Frau und drückte ihr ein Küsschen auf die Wange. „Wir sind nämlich noch nicht ganz so weise wie du, musst du wissen.“

Ami küsste ihre Enkelin ganz sacht auf die Stirn, dann nahm sie eine Hand von Carolin in die ihre. „Dein Pferd konnte auf die Frage nicht antworten, weil es gar keine Frage war. Du hast ihm die Antwort gleich mitgegeben …“

„Na klar!“ Carolin klatschte sich mit der flachen Hand gegen die Stirn. „Ich bin doch ein Vollidiot! Und die Antwort war außerdem auch noch falsch.“

„Ich nehme an, du hast dich nach deinem Ritt sehr schlecht gefühlt?“, erkundigte sich Ami.

„Woher wissen Sie das? Noch nie in meinem Leben hatte ich so tierische Kopfschmerzen!“

„Dein Pferd hat sich so sehr geplagt, dir eine Antwort zu geben, dass sich seine Schmerzen auf dich übertragen haben.“

„Und was war mit Onkel Rocco? Warum hat Sternentänzer auf die Frage nicht reagiert?“, wollte Lina noch wissen.

„Wahrscheinlich haben wir ihn durcheinander gebracht. Erst bist du geritten, dann wir beide zusammen, dann ich“, kombinierte Carolin.

„Kann gut sein“, nickte Ami. „Sternentänzer leistet Schwerstarbeit und muss sich sehr stark konzentrieren. Wenn er von allen Seiten verschiedene Befehle bekommt, funktioniert er nicht.“

Carolin dachte über Amis Worte nach. „Wenn ich ihm eine richtige Frage stelle, bekomme ich dann auch wieder eine richtige Antwort? So wie früher?“, fragte sie dann.

„Hab Vertrauen, Kindchen. Hör auf dein Herz und nicht auf deinen Verstand, dann wirst du die richtige Antwort finden.“ Die alte Frau hielt immer noch Carolins Hand in ihrer. Sie drehten sie um und blickte für einen Moment auf die Handfläche, dann erhob sie sich. „Und nun muss ich gehen.“

Kurz bevor sie die Wohnwagentür hinter sich schloss, drehte sie sich noch einmal um. Sie verzog keine Miene, ihr Blick war sehr ernst. „Pass gut auf dich auf, Carolin“, sagte sie kurz, dann verschwand sie. Es war etwas im Ton ihrer Stimme, das Carolin für einen Moment erschaudern ließ.

Nach dem Abendessen fuhr Carolin noch mal nach Lindenhain. Lina kam auch mit. Seit umgebaut wurde, war Carolin lieber ganz früh oder ganz spät auf dem Pferdehof, denn tagsüber konnte einem der Baulärm ganz schön auf die Nerven gehen. Ganz abgesehen davon, dass der Staub sogar bis unter ihre Socken kroch. Die Haare musste sie zweimal am Tag waschen, so staubig wurden die. Allmählich kam wenigstens ihre gewohnte Haarfarbe zurück. Es stand halbe-halbe. Die Ansätze waren braun, die Spitzen orange.

Es war noch nicht spät, doch im Haupthaus waren schon die Lichter aus. Gunnar und Vicky waren wohl ausgegangen, denn zum Schlafen war es eigentlich noch zu früh. Es war ein außergewöhnlich warmer Abend für den Herbstanfang. Carolin und Lina hockten sich an den Teich und sahen den Kaulquappen zu. Seit ein paar Tagen hatten sie Gesellschaft bekommen: dicke, fette Molche. Von einem Tag auf den anderen saßen die plötzlich im Teich. Die Mädchen beobachteten einen Mini-Molch, der sich an einem Stück Rinde festklammerte.

„Wenn der mal groß ist, wird er bestimmt ein Leguan", kicherte Lina.

Carolin grinste, denn der Molch hatte tatsächlich eine frappierende Ähnlichkeit mit dem Reptil. Auf einmal spürte sie etwas Feuchtes an ihrem nackten Bein. Carolinas Zunge. Carolin nahm den Hund auf den Arm und knuddelte ihn. „Ich weiß, wir haben dich in der letzten Zeit ganz schön vernachlässigt, es ist so viel passiert ...", seufzte sie. „Aber du hast ja Herrn Maier und deine Kleinen."

„Verdammt viel passiert in letzter Zeit", nickte Lina zustimmend. „Cinderella, Onkel Rocco ..."

„Moment mal." Carolin ließ Carolina los. „Hast du jetzt eigentlich schon rausgefunden, warum Onkel

Rocco so lange wie vom Erdboden verschluckt war? Und warum deine Mutter so sauer auf ihn war?“

„Hat er mir inzwischen erzählt.“ Lina packte einen Stein und schleuderte ihn in den Teich. Völlig verschreckt ließ sich der kleine Molch von seiner Rinde ins Wasser plumpsen.

„Dann erzähl schon!“, drängelte Carolin.

Lina schleuderte einen zweiten Stein hinterher. „Früher, als ich noch klein war, waren meine Eltern immer mit einer Gruppe unterwegs. Fünfzehn, zwanzig Wohnwagen, richtig viele. Onkel Rocco auch. Er hatte seinen eigenen Wohnwagen …“

„Weiter!“

„Irgendwann fehlte Geld. Im Wohnwagen neben Onkel Rocco. Zuerst nur kleine Summen, dann größere. Onkel Rocco war damals mit Stella, der Tochter des Wagenbesitzers, befreundet. Er war oft im Wohnwagen, da fiel der Verdacht schnell auf ihn.“

Carolin runzelte ungläubig die Stirn. „Aber er war es nicht, oder?“

Lina nickte. „Doch. Hat er zumindest irgendwann gesagt. Kannst dir vorstellen, dass für meine Mutter eine Welt zusammengebrochen ist. Sie hat sich so für ihn geschämt, ihm jeden Kontakt mit mir verboten. Dann ist er weggegangen.“

„Puh!“

Lina ringelte eine Strähne ihrer langen Haare um einen Finger. „Jahrelang dachte sie, er wäre ein Dieb.“

„Weiter!“

„Er war es nicht. Es war Stella. Die brauchte das Geld, weil sie auf eine Tanzschule gehen wollte und ihre Eltern strikt dagegen waren. Onkel Rocco hat den Kopf für sie hingehalten, denn ihr Vater hätte sie vermutlich halb tot geprügelt. Onkel Rocco war unschuldig, er wollte sie nur beschützen."

„Das war ja ganz schön nett von deinem Onkel."

Lina nickte. „Na ja, er wollte wohl damals sowieso weg von der Familie und meine Mutter hätte ihm den Abschied wohl ziemlich schwer gemacht. Jetzt kennt sie die ganze Geschichte und ist natürlich total erleichtert."

„Kann ich mir sehr gut vorstellen", nickte Carolin.

Lina strahlte. „Aber was das Beste ist: Stella ist inzwischen eine ziemlich gefragte Tänzerin. Sie hat schon bei vielen Video-Shootings im Background getanzt. Vielleicht hast du sie schon mal gesehen, auf Viva oder MTV."

„Und das hat sie alles deinem Onkel zu verdanken."

„Das weiß sie auch. Onkel Rocco könnte Karten für alle Gruppen bekommen, mit denen sie auf Tour geht."

Carolin sah Lina an. Ein bisschen beneidete sie sie schon um ihre merkwürdige, verrückte Familie. Ein bisschen war sie aber auch froh, dass Ines und Paul zumindest weitgehend normal waren.

Eine stürmische Nacht

„Ach, Carolin, wart mal." Nick nahm sie am nächsten Tag zur Seite, als sie mit Lina auf den Hof rollte. „Hast du schon mal wieder mit Ferdi gesprochen, ich meine wegen der Geburt? Wollen die Reifenbachs noch mal kommen?"

Carolin zog eine Grimasse. „Du willst wohl wissen, ob Nina kommt? Keine Ahnung."

„Tja dann", machte Nick und wollte abzischen, doch Carolin, der sein trauriges Gesicht auffiel, hielt ihn zurück. „Ruf sie doch an und frag sie selber!"

„Na ja." Nick scharrte mit seinem Gummistiefel auf der Erde herum.

„Wo ist das Problem?"

„Na ja, es gibt da noch einen anderen. Sie hat einen Freund, seit zwei Jahren. Und von dem will sie sich erst trennen, bevor sie so richtig mit mir, verstehst du …"

„Oh", machte Carolin nur. Sie verstand es zwar nicht, aber nun war wirklich nicht der richtige Moment, um sich mit Nicks Problemen zu befassen.

Eine Weile standen sie sich etwas verlegen gegenüber. „Ich seh lieber mal wieder nach Cinderella“, meinte Nick dann und verschwand mit großen Schritten.

Da fiel ihr erst auf, dass Lina auch nicht gerade ein fröhliches Gesicht machte. Eigentlich schon den ganzen Tag über nicht, wenn sie es sich recht überlegte. Sie schlenderte zu der Freundin und legte den Arm um ihre Schultern. „Probleme?“

Lina nickte heftig. „Bingo. Könnte man so sagen.“

„Was denn?“

Lina guckte traurig. „Onkel Rocco. Er will wieder verschwinden.“

„Was? Schon? Er ist doch gerade erst gekommen!“

„Er hat ein Angebot für eine ziemlich große Show in Berlin, für ein halbes Jahr, bringt ordentlich Kohle, und das will er wohl annehmen.“

„Tja.“ Carolin zuckte die Schultern. „Berlin ist wenigstens nicht so weit wie Australien. Schau, Ferdi wohnt auch in Berlin, da können wir uns doch mal zusammen auf den Weg machen und sie besuchen. Oder in den Ferien. Dann machen wir uns eine richtig coole Großstadt-Woche …“

„Er will, dass ich mitkomme, Caro.“

„Bestimmt können wir dann auch bei Ferdi pennen … was?“ Carolin fuhr herum wie von der Tarantel gestochen. „Was hast du da gerade gesagt?“

Lina nickte. „Onkel Rocco will, dass ich mit ihm nach Berlin gehe. Ich könnte bei ihm wohnen, von ihm lernen, dort auch zur Schule gehen …“

Carolin sah die Freundin mit offenem Mund an. „Nein."

„Doch."

„Bestimmt hat deine Mutter sofort Nein gesagt", stammelte Carolin hoffnungsvoll.

Lina schüttelte den Kopf. „Im Gegenteil. Sie denkt auch, dass das gut wäre für mich."

„Aber ... aber ... das geht doch gar nicht ... du bist doch meine Freundin, du kannst doch nicht einfach weggehen", stammelte Carolin verwirrt. Sie hatte Lina inzwischen ganz fest ins Herz geschlossen. Damit, dass sie wieder weggehen könnte, hätte sie im Leben nicht gerechnet.

Lina zuckte die Schultern. „Ich will ja eigentlich auch gar nicht, andererseits hätte ich schon auch ein kleines bisschen Lust, mit Onkel Rocco rumzuziehen. Ich hab ihn doch gerade erst gefunden und will ihn nicht schon wieder verlieren", sagte sie leise. „Verstehst du das?"

„Nein ... tu ich nicht! Tu ich überhaupt nicht! Außerdem ... was ... was soll ich denn dann tun?" Carolin packte Lina an der Schulter und schüttelte sie. „Du kannst mich doch nicht einfach im Stich lassen! Einfach abhauen, das geht doch nicht." Carolin spürte einen Kloß, dick wie ein Fußball, im Hals. Sie schluckte. „Bleib hier, Lina, bitte, ich brauch dich doch!"

Lina legte die Arme um ihren Hals. „Weißt du, Caro, ich hatte noch nie eine richtige Freundin. So eine wie dich. Eine zum Pferdestehlen." Sie versuchte zu grinsen, doch in ihren geheimnisvollen grünen Augen glitzerte es verdächtig. „Oder zum gestohlene-Pferde-Wiederfinden."

„Was willst du damit sagen?"

„Dass ich noch nie eine so tolle Freundin wie dich hatte. Und dass ich meine Freundin natürlich nicht im Stich lassen werde!" Lina grinste breit.

Carolin schüttelte ihre Arme ab und boxte sie in die Seite. „Du Biest! Mir so einen Schrecken einzujagen! Aber du hättest sowieso nicht gehen können."

„Wieso?"

Carolin grinste listig. „Du hast versprochen, dass du mir Schwimmen beibringst. Und Versprechen muss man einhalten!"

„He, Mädels, kommt ihr, ich glaube jetzt geht es los!", brüllte ihnen Nick aus dem Stall zu. Die beiden Mädchen rasten zur Box von Cinderella, die schweißgebadet war, sich unruhig hin und her bewegte und Stroh zur Seite scharrte.

„Sie bereitet sich ein Nest für die Geburt. Ich glaube, sie wird wohl noch heute Abend abfohlen", erklärte Nick.

„Können wir irgendwas tun?", erkundigte sich Carolin unsicher. „Wir können doch nicht nur zusehen!"

Mit letzter Kraft hob Cinderella den Kopf und sah die Mädchen an. Dann ließ sie den Kopf wieder fallen, lag apathisch da und starrte mit leeren Augen vor sich hin. Carolin konnte nicht länger zusehen. „Wo ist Doktor Schulz?“, kreischte sie verzweifelt. „Sie stirbt! Warum ruft denn hier niemand den Doktor an?“ Ihre Stimme überschlug sich schon.

„Beruhig dich, Caro! Geh runter vom Gas!“, herrschte sie Nick an. „Wenn du hier Panik verbreitest, hilfst du niemandem! Ich hab Doktor Schulz schon längst angerufen, aber sein Handy war aus. War nur die Mailbox dran.“

„Und hast du ...?“, begann Carolin kleinlaut.

„Natürlich hab ich eine Nachricht hinterlassen.“ Er beugte sich über Cinderella und begann sehr sanft den Pferdeleib zu massieren. „Es lebt“, sagte er leise. „Das Fohlen bewegt sich.“

„Gott sei Dank!“ Carolin sank neben Cinderella auf die Knie. Dann zog sie Amis Kastanienblattpäckchen aus ihrer Hosentasche und steckte es in eine Ecke tief unter das Stroh. Cinderella schien sofort leichter zu atmen – das konnte sie sich aber auch nur einbilden.

Carolin hatte keine Ahnung, wie lange sie voller Sorge neben Cinderella im Stroh gekniet hatte, jedenfalls war draußen noch Tageslicht, als sie den Stall betreten hatte. Und jetzt, als sie sich etwas zum Trinken holen wollte, war es stockfinster. Es war kühl, Carolin fröstelte in ihrer dünnen Jacke. Ein kräftiger Wind raschelte durch die Lindenbäume, ließ die Blätter auf dem Boden tanzen. Es war eine ganz merkwürdige Stimmung, mit jeder Minute schien der Wind heftiger zu werden.

Dicke Wolken krochen in Zeitlupe den düsteren Himmel entlang. Carolin stiefelte Richtung Haupthaus, um sich eine leckere Tasse heißen Kakao zu holen. Der Hof war wie leergefegt, nur Eulalia war noch unterwegs. Als sie Carolin entdeckte, kam sie auf ihren leisen Samtpfoten angehüpft und strich ihr schnurrend um die Beine. Carolin bückte sich und kraulte die Katze zwischen ihren Ohren. „Na du … mal wieder auf dem Weg zur wilden Mäusejagd?“

Eulalia schnurrte genüsslich und bewegte ihren Kopf hin und her.

„Ja, das gefällt dir … eigentlich müsste ich ja die armen Mäuslein vor dir warnen …“

Eulalia schnurrte noch tiefer und schleckte sich wohl in erwartungsvoller Vorfreude mit ihrem rosa Zünglein rund ums Maul.

„Und die Nacht ist auch noch so hell heute, da haben sie nicht mal die kleinste Chance“, sagte Carolin mit einem feinen Lächeln. Nachdenklich schaute sie in den von Wolkenfetzen bedeckten Himmel. „Heute Nacht, liebe Eulalia, bräuchte ich zwei Sternschnuppen. Eine dafür, dass Cinderella alles gut übersteht, und eine dafür, dass ihr Fohlen Sternentänzers Gabe erbt. Aber Moment mal …“ Sie hielt inne. Gerade gaben die fetten Wolken ein Stück Himmel frei und dort hing er. Hoch über den Linden. Prall und fett. Eine riesige orangefarbene Scheibe über den Büschen und Bäumen. Der Vollmond! Wiesen und Felder leuchteten geheimnisvoll. Nur ganz kurz. Dann schoben sich wieder die Wolken davor, und es war, als hätte jemand einen Lichtschalter ausgeknipst. Es war eine Vollmondnacht! Carolin packte Eulalia und drückte ihr einen dicken Kuss direkt auf ihre feuchte Nase. „Das ist es! Warum bin ich nicht gleich drauf gekommen. Ich frage Sternentänzer nach seinem Fohlen! Wenn ich die richtige Frage stelle, wird er die richtige Antwort geben!“

Sie raste über den Hof, auf den nun bereits dicke Regentropfen klatschten. Carolin sah sich kurz um. Die Gewitterfront hing jetzt düster und bedrohlich über den Linden auf dem Hügel. Im gleichen Moment zerriss ein Donner die Stille der Nacht, ein Blitz durchzackte den Himmel. Carolin zuckte zusammen. Sie stellte sich einen Moment unter das Vordach der Reithalle. Der Wind peitschte jetzt durch die hohen Linden, die ihre Kronen beinahe bis auf den Boden bogen. Die Luft schien zu brodeln, der Himmel verdüsterte sich. Gerade, als Carolin weiter Richtung Stall laufen wollte, ertönte ein Donner wie ein Kanonenschlag. Dann war einen Moment Stille. Dann Finsternis. Alle Lichter waren auf einmal erloschen, der zuvor noch hell erleuchtete Stall stockdunkel.

Sekunden, die Carolin wie Stunden vorkamen, war es stockfinster und so still, dass man es gehört hätte, wenn eine Nadel zu Boden gefallen wäre. Dann zuckte erneut ein Blitz über den Himmel, der so grell war, dass Carolin für einen Moment die Augen schließen musste. Als sie sie wieder öffnete, sah sie gerade noch, wie eine der hohen, knorrigen alten Linden auf dem Hügel über Lindenhain einknickte wie ein Streichholz und mit ohrenbetäubendem Gedröhne zusammenbrach. Der gewaltige Blitz hatte sie gefällt. Dann war wieder Ruhe. Totenstille. Für einen ganz kurzen Moment schien es, als würde die Welt still stehen. „Oh mein Gott“, flüsterte Carolin und versuchte, ihre Zähne in Schach zu halten, die aufeinander schlugen, als hätten sie einen Wackelkontakt.

„Caro! Wo bist du?“, hörte sie auf einmal Linas Stimme.

Carolin stand immer noch wie angewurzelt unter dem Vordach. Sie fühlte sich wie in Trance, sie konnte nicht anders, musste immer nur auf die Lücke in der Reihe der Linden starren.

„Caro!“

Erst Sekunden später drang Linas Stimme zu ihr durch. Sie drehte sich um. Lina stand im Eingang zum Stall, hatte die Hände trichterförmig um ihren Mund gelegt und schrie nach Leibeskräften ihren Namen. „Caro! Wo bist du denn? Es geht los!“

Carolin klopfte das Herz bis in den Hals. Sie riss sich los und rannte zu Lina. Nervös auf ihrer Unterlippe kauend betrat sie leise den Stall.

Silberstern wird geboren

Es war heiß und stickig im Stall. Inzwischen gab es auch wieder Licht, Nick hatte die Sicherung reingeschraubt. Es roch nach Leder und Pferdemist, aber da war auch noch ein anderer Geruch. Carolin eilte zur Box. Dort standen Nick und Doktor Schulz, der inzwischen sein Handy abgehört und herbeigeeilt war, mit angespannten Gesichtern. Carolin stellte sich zu ihnen. Cinderella lag immer noch schwer schnaufend und schwitzend auf dem Boden und presste.

„Jetzt kommt die Fruchtblase", erklärte Doktor Schulz und wischte sich mit dem Pulli den Schweiß von der Stirn. Die Fruchtblase zerplatzte und gab das Fruchtwasser frei. Dabei wurde schon ein Teil des Pferdekörpers herausgetrieben, die Hufe des kleinen Fohlens waren jetzt bereits zu sehen.

„Da!", kreischte Carolin hysterisch und hielt den Atem an vor Spannung. Ihr Herz klopfte heftig, kalter Schweiß stand auf ihrem Rücken. „Oh mein Gott, oh mein Gott, oh mein Gott ..."

„Sie versucht gerade, das Fohlen herauszupressen."

Und dann ging alles sehr, sehr schnell. Nach einer Wehe glitt das Fohlen aus dem Mutterleib. Zuerst erschien die Nase des Fohlens zwischen winzigen Vorderhufen, dann folgte der übrige Körper. Das Fohlen glitt ins Stroh. Einen Augenblick lang schien es wie tot, doch dann begann es zu zappeln.

„Ist ja alles noch mal gut gegangen, das Fohlen lag normal!", seufzte Doktor Schulz erleichtert und entfernte vorsichtig die Eihaut.

„Es ist ein Hengstfohlen", sagte er dann. Es war schwarz. Es war wunderschön, dunkel wie die Nacht. Nur auf der Stirn trug es einen kleinen weißen Keilstern. Etwas benommen lag es eine Weile im Stroh, so tropfnass, als sei es gerade aus der Dusche gekommen. Es atmete, nieste ein wenig Schleim aus den Nüstern.

„Oh mein Gott, ist das süß", hauchte Carolin und schlug die Hände vors Gesicht. Vor lauter Glück brachte sie kaum mehr ein Wort hervor.

Cinderella versuchte keuchend aufzustehen. Mit der Zunge leckte sie das Fohlen, beschnupperte es, bis es den Kopf hob und sich schwankend und zitternd auf seine dünnen, staksigen Beinchen stellte, um gleich wieder zurück ins Stroh zu plumpsen. Sich breitbeinig wieder aufrichtete und gleich wieder umfiel. Bis es dann schwankend im Stroh stand und mit der winzigen samtweichen Nase am Bauch der Mutter herumsuchte. Die Stute schleckte es hingebungsvoll mit ihrer Zunge ab.

„Ich bin so froh!“ Lachend und weinend zugleich fiel Carolin nacheinander Nick und Lina um den Hals. Auch Doktor Schulz bekam eine Umarmung. Sanft streichelte sie Cinderellas schwarze Mähne, dann ging sie einen Schritt zurück. Mutter und Kind brauchten jetzt keine Hilfe und keine Zuschauer mehr.

„Es ist wie ein Wunder“, stammelte sie. „Gerade war es noch eingerollt im Bauch von Cinderella, jetzt kann es auf seinen dünnen Beinchen sogar schon stehen!“

„Gehen wir.“ Doktor Schulz und Lina räumten Schüsseln und Eimer zusammen, verstauten Zellstoff und Handtücher im Schrank.

„Komm, Caro!“ Nick nahm Caro an der Hand und wollte sie aus dem Stall ziehen, doch Caro konnte nicht die Augen von den beiden Pferden lassen.

„Nur noch ein bisschen zugucken, ich bin auch ganz ruhig.“

„Is nicht, Caro“, sagte Nick und zog stärker an ihrer Hand. „In den ersten Stunden wird das Fohlen auf seine Mutter geprägt. Zuschauer stören da nur.“

„Aber ...“, protestierte Carolin.

„Moment mal, Nick“, meinte Doktor Schulz, der gerade noch mal zurück in die Box kam, um nach dem Rechten zu sehen. „Wie den Geruch der Mutter sollte man das Fohlen auch den menschlichen Geruch kennen lernen lassen.“ Er legte Carolin ganz sacht die Hand auf die Schulter und schob sie zu Cinderella. „Hilf dem Fohlen, das Euter seiner Mutter zu finden! Das Fohlen wird sich immer an den ersten Schluck

Muttermilch erinnern, den es mit deiner Hilfe getrunken hat!“

Das Fohlen streckte den Kopf und wieherte. Dann stieß es mit seinem Köpfchen an den Bauch der Stute, die Mutter schubste es behutsam gegen das Euter, zog ein Hinterbein hoch, damit das Fohlen besser rankam. Als das Kleine es endlich schaffte, schlabberte es gierig. Ab und zu schien es das Gleichgewicht zu verlieren. Aber Cinderella war dann sofort da, um ihr Kind zu stützen.

„Kleines Fohlen!“, sagte Carolin mit leiser Stimme und beugte sich nach vorn. „Kleines, wunderschönes Fohlen.“ Es war jetzt ganz ruhig, schnupperte, prustete und schleckte. Ganz vorsichtig berührte sie die schwarze Stirnlocke. Ganz langsam kam sie immer näher. Das Fohlen stand ebenfalls auf, stakste vorsichtig heran und schnupperte an ihren Ohren, an ihrem Gesicht, an ihren Haaren, Carolin lief ein Schauer über den Rücken. Sie konnte sich nicht satt sehen an dem kleinen wunderhübschen Wesen.

„Und?“

„Was und?“, grinste Carolin, obwohl sie ganz genau wusste, was er meinte. Seit der abenteuerlichen Geburt waren bereits zwei Stunden vergangen und Carolin telefonierte im Gemeinschaftsraum mit Ferdi, der gespannt in Berlin auf ihre Nachricht von der Geburt des Fohlens wartete. Die Ereignisse der letzten Stunden hatten sie mehr mitgenommen, als sie sich eingestehen wollte. Ihre Hand, die den Telefonhörer umklammerte, zitterte wie Espenlaub, auf ihrer Stirn stand noch der kalte Schweiß, sie hatte weiche Knie und hätte sie in den Spiegel geguckt, hätte sie sich vor sich selbst erschrocken. Sie war kreidebleich, ihre Wangen waren eingefallen, um ihre Augen hatten sich tiefe dunkle Schatten gebildet. Aber sie war so glücklich wie noch nie in ihrem Leben.

„Wie sieht unser Fohlen aus, sag schon!", drängte Ferdi.

„Gut."

„Wie gut, Caro, mach's nicht so spannend!!"

„Tja", seufzte Carolin. „Du hattest wohl Recht, Ferdi."

„Wie? Womit?"

„Unser süßes kleines Fohlen hat viele, viele Punkte, weiße und schwarze und braune, fast so wie ein Marienkäfer, also kann es ja auch gut Marienkäfer heißen", behauptete Carolin und versuchte, ihre Stimme so ernst wie möglich klingen zu lassen. *Strafe muss sein!*

Pause am anderen Ende. Dann. „Nee, oder?"

„Oh doch!"

„Na ja …"

Carolin lächelte fein. „Ferdi, vergiss es. Es ist das wunderschönste Fohlen, das jemals das Licht der Welt erblickt hat. Es ist schwarz und hat einen ganz kleinen Stern auf der Stirn, der silbern glänzt. Es heißt Silberstern."

„Silberstern“, wiederholte Ferdi andächtig und schluckte verdächtig. „Wow! Ich wünschte, ich wäre jetzt da und könnte es sehen. Aber ich komme euch besuchen, so schnell ich kann! Und schick mir ein Foto!“

„Versprochen“, nickte Carolin.

Als sie den Hörer auflegte, spürte sie eine Hand auf ihrem Rücken.

„Caro?“ Es war Lina.

„Hm?“

„Alles in Ordnung mit dir?“ Lina betrachtete sie besorgt.

Carolin nickte starr. „Warum fragst du?“

„Weil du heulst wie ein Schlosshund und weiß bist wie die Wand!“

Erst jetzt bemerkte Carolin, dass ihr dicke Tränen über das Gesicht liefen.

„Hier.“ Lina streckte ihr ein Taschentuch hin.

Carolin schnupfte hinein und wischte sich mit dem Handrücken die Augen ab. Doch die Tränen flossen weiter. „Es ist nur“, schniefte sie. „Heute ist der allerallerschönste Tag in meinem Leben“, schluchzte sie. „So was Großes habe ich noch nie erlebt. Als das Näschen von Silberstern da rausguckte, hätte ich schreien können vor Glück.“

Lina nickte weise. „Jede Geburt ist wie ein kleines Erdbeben. Ein neues Wesen betritt die Welt. Ein neues Pferdeleben beginnt. Aber was ist denn daran so schrecklich?“, erkundigte sie sich mitfühlend.

„Nichts.“ schluchzte Carolin.

Lina ging zum Automaten und zog eine Tüte Gummibärchen heraus.

Carolin schluckte. Die Tränen kullerten weiter unaufhaltsam über ihr Gesicht. Sie konnte sie nicht aufhalten. Lina wühlte durch die Tüte, dann hielt sie Carolin eine Hand voll Süßigkeiten hin. „Hier, hilft immer."

Carolin schüttelte angewidert den Kopf. „Keinen Hunger."

„Tststs, erstens isst man Gummibärchen nicht, weil man Hunger hat, sondern weil sie lecker und gut für die Nerven sind. Und zweitens habe ich extra nur die weißen zusammengesucht, die magst du doch am liebsten."

Carolin lächelte die Freundin unter Tränen an. „Du bist so süß!"

„Iss endlich. Dann beruhigst du dich gleich wieder."

„Meinst du?"

Lina nickte und Carolin stopfte die ganze Hand voll weißer Gummibärchen auf einmal in den Mund.

„Hilft's?"

„Ja." Jetzt flossen die Tränen trotz Gummibärchen wie die Niagarafälle über Carolins Gesicht. Tausend Gedanken wirbelten durch ihren Kopf, wie eine Ladung Buntwäsche in der Waschmaschine.

„Meine arme Caro", Lina strich ihr sanft über die tränennassen Wangen. Wieder und wieder.

„Was meinst du, Lina", schnupfte Carolin nach einer Weile. „Hat Silberstern Sternentänzers Gabe geerbt? Wird Silberstern auch in die Zukunft blicken können?"

Lina zuckte die Schultern. „Weiß es nicht, Caro. Es besteht eine fifty-fifty Chance, schätze ich. Wissen wirst du es erst in der ersten Vollmondnacht, in der du auf Silberstern ausreitest."

„Er ist in einer stürmischen Vollmondnacht zur Welt gekommen, genau wie Sternentänzer. Genau in dem Moment, als er geboren wurde, schlug der Blitz in die Linde ein. Dieser Moment war wie Magie. Lina, es war … es war … unbeschreiblich. Als hätte der Himmel all seine Großartigkeit auf die Erde geschickt. Es war wie eine Botschaft, Lina. Silberstern muss sein wie Sternentänzer. Er wird sein wie er. Er wird magische Kräfte haben. Ich fühl das ganz deutlich, Lina … und, Lina …", Carolin schluckte aufgeregt. „Sternentänzer … deshalb hatte er keine Angst … er wusste, worauf Cinderella wartet …"

Lina knüllte die Tüte zusammen und verstaute sie in einer Fensterecke. „Komm!" Sie streckte Carolin die Hand hin.

„Wohin?"

„Na zu Sternentänzer. Wenn jemand wissen kann, ob das Fohlen magische Kräfte hat, dann er."

Hand in Hand liefen die beiden Mädchen zurück zum Stall. Sternentänzer stand in seiner Box. Ganz ruhig. Er stand einfach nur da, hatte seinen eleganten Kopf hoch erhoben und sah Carolin an. Ganz tief, ganz ruhig blickte er ihr in die Augen, als wollte er ihr etwas mitteilen, das nur für sie bestimmt war. Und Carolin verstand seine Botschaft.

Michael Lewin

Anruf vom Panther

Roman

Aus dem Amerikanischen
von Michaela Link

Diogenes

Michael Lewin

Anruf vom Panther

Roman

Aus dem Amerikanischen von Michaela Link

Diogenes

Titel der 1991 bei
Mysterious Press, New York,
erschienenen Originalausgabe:
›Called by a Panther‹

Die deutsche Erstausgabe
erschien 1997 im Diogenes Verlag
Umschlagfoto:
Alfred Seiland, ›Am Straßenrand,
Odessa, Delaware, 1983‹

Veröffentlicht als Diogenes Taschenbuch, 2000

www.diogenes.ch
60/00/8/1
ISBN 3 257 23256 x

... ruft dich der Panther an,
geh bloß nicht ran.

Ogden Nash, *Der Panther*

Du bist nie der erste;
du bist nie der letzte;
du bist bloß der nächste.

Lieutenant J. D. Jones,
Indianapolis Police Department

I

Loring, der Butler, überbrachte die schlechte Nachricht. Meiner Meinung nach war sein Timing ausgesprochen schlecht. Auf solchen Partys findet sich immer ein geschwätziger Brite, und der von heute abend gönnte seinem Mundwerk endlich einmal Ruhe, indem er es zum Essen benutzte. Und so kamen die interessanteren Gäste wie der Polizeichef auch mal zu Wort.

Das Gesprächsthema waren Terroristenbomben.

»In Indianapolis!« hatte Mrs. Vivien, die Gastgeberin, gesagt. »Wer hätte je gedacht, daß hier mal Terroristen auftauchen würden?« Sie spielte mit den unvermeidlichen weißen Perlen, die bis unterhalb des Ausschnitts ihres unvermeidlichen schwarzen Kleides hingen. Die Sache schien sie nicht in Angst zu versetzen, aber ich war froh, daß sie das Gespräch über dieses Thema nicht gleich abwürgte, weil sie es viel, viel zu langweilig fand.

»Aber bisher ist es ihnen nicht gelungen, irgendwas in die Luft zu sprengen, nicht wahr, Chief?« sagte der Mann, der zu Mrs. Viviens Linken saß. »Das stimmt doch, oder?«

Der Chief hätte zweifellos ein glücklicheres Gesprächsthema als die Scum Front bevorzugt. Aber seine Antwort kam ganz zwanglos: »Nun, ihre erste Bombe haben sie bei Lebanon in ein Maisfeld gesetzt und hochgehen lassen.«

Mrs. Vivien lachte. »Gesetzt, in ein Maisfeld?«

Ich hatte auch schon mein Appetitschlückchen intus, einen kleinen Scotch, daher sagte ich: »Glauben Sie, es hat etwas zu bedeuten, daß die Terroristen sich gerade die Umgebung von Lebanon ausgesucht haben, Chief?« Als er sich zu mir umdrehte, war seine Stirn gefurcht. Wie ein frisch gepflügtes Maisfeld. Er sagte: »Meine Bombeneinheit nimmt an, daß es für die Terroristen einfach ein günstiger Platz war.«

»Dann glauben Sie also, daß sie ihre Basis im Nordwesten der Stadt haben?« fragte Dick. »Das ist für diejenigen von uns, die in der Ecke arbeiten, ein ziemlich beunruhigender Gedanke.«

Der Chief nippte an seinem Wasserglas. »Könnte natürlich auch bedeuten, daß sie nicht aus dem Nordwesten kommen und nur versuchen, uns auf eine falsche Fährte zu locken.«

Dick war Anwalt von Beruf, ein Mann in den Fünfzigern mit ledrigem, gebräuntem Gesicht und einer Statur, die ich dahingehend interpretierte, daß er morgen früh seine Runden joggen würde, ganz gleich, was er heute abend trank.

»Ich wußte gar nicht, daß Sie eine Bombeneinheit haben, Chief«, sagte ich. »Oder haben Sie die eigens für die Scummies ins Leben gerufen?«

»Die gibt's schon seit Jahren«, sagte er. »Was glauben Sie, warum wir so lange kaum derartige Probleme hatten?«

»Weil es hier keine lohnenswerten Ziele für Terror gibt?«

Er durchbohrte mich mit einem Blick, den ein bei der Polizei tätiger Freund von mir als den Babykillerblick des Chiefs bezeichnet. »Indianapolis mag vielleicht nicht das erste Ziel des psychopathischen Durchschnittsterroristen sein, aber das ist kein Grund, nicht auf der Hut zu sein. Vor allem, seit wir hier immer mehr Großereignisse haben. Konvente und Konzerte, die Pan-Am-Spiele…«

»Die Ausscheidungswettkämpfe für Olympia«, ergänzte Dick unter heftigem Nicken.

»Die Zeiten, da es hier nichts gab außer den 500 Meilen von Indianapolis, sind eben vorbei. Und bitte, vergessen Sie eins nicht«, sagte der Chief, »diese Umweltspinner haben ja vielleicht nur ein Maisfeld in die Luft gesprengt, aber die fünf anderen Bomben haben wir alle in großen Gebäuden gefunden, und wenn eine von denen hochgegangen wäre…« Er sah uns alle nacheinander an, damit wir Zeit hatten, uns die wirklich schrecklichen Folgen solcher Explosionen in unserer Stadt auszumalen. »Aber natürlich«, sagte er dann, »haben wir sie alle rechtzeitig gefunden.«

Jetzt allerdings blickte Mrs. Vivien von ihren Perlen auf, um den Glanz dieser beachtlichen Leistung ein wenig zu trüben. Sie sagte: »Aber sagten sie auf Kanal 43 nicht, daß der Sprengstoff bei den letzten fünf Bomben gar nicht verdrahtet war?« Sie sah den Chief an, als erwarte sie eine Bestätigung, ließ ihm aber gar keine Zeit dazu. »Und rufen die Terroristen nicht jedesmal bei Kanal 43 an, um mitzuteilen, wo sie die Bomben gelegt haben?«

Ich sagte: »Wenn es denn unbedingt Bombenleger sein müssen, dann sind wir doch mit denen, deren Bomben nicht losgehen, gar nicht so schlecht bedient.«

Aber der Chief ignorierte mich und wandte sich an Mrs. Vivien. Sein Lächeln war so breit und giftig, als trainiere er für einen Wahlkampf. »Nun, Charlotte«, sagte er,

»ich weiß, daß es in der Bevölkerung gewisse Elemente gibt, die die Scum Front nicht ernst nehmen, weil die ja angeblich für gesunde Dinge wie reines Wasser kämpft und uns bisher durch Anrufe vorgewarnt hat. Aber wenn wir Ihrer Meinung nach Leute, die sagen: ›Wir hätten den Hosierdom in tausend Stücke sprengen können, aber wir haben es nicht getan‹, als Helden oder nette Jungs betrachten sollen, dann, glaube ich, werden wir beide uns in die Haare kriegen.«

»Also, Chief, Sie wissen, daß ich das so nicht gemeint habe«, sagte Charlotte Vivien. Aber ich sollte nie erfahren, was Mrs. Vivien meinte, denn genau in diesem Augenblick trat Loring mit seinen schlechten Nachrichten ein.

Er hatte natürlich seine Anweisungen, der Butler. Wahrscheinlich gibt es ein Protokoll für dergleichen, etwa in der Art: Schlechte Nachrichten grundsätzlich nur zwischen den Gängen. Möglicherweise gab es für einen gut ausgebildeten Butler da nicht die geringste Unsicherheit.

Aber was mich betraf, mein Herz hämmerte. Und nicht mal aus Liebe.

»Madam?«

»Oh«, sagte Mrs. Vivien. »Ja, Loring? Was gibt es?«

»Madam, es tut mir leid, Ihnen mitteilen zu müssen, daß Mr. Ripley...«

Loring holte Luft. Er war gut. Alle beobachteten sein Gesicht und warteten darauf, daß die Luft wieder rauskam.

»Ach herrje«, sagte Mrs. Vivien. »Mr. Ripley.« Sie blickte über den Tisch auf das leere Gedeck. »Er ist nicht mitgekommen, und ich habe es nicht einmal bemerkt. Oh, was für eine schreckliche Gastgeberin ich doch bin!« Am anderen Ende der Tafel lachte der Brite zweimal auf. Es war ein albernes Lachen.

»Seien Sie still, Quentin«, sagte Mrs. Vivien. Quentin nuckelte an einer Brotstange, während die meisten von uns anderen auf den leeren Stuhl, die unberührte Consommé und das Hummerparfait starrten und uns zu erinnern versuchten, wer dort nicht saß.

Und obwohl dies eine Abendgesellschaft für zweiundzwanzig Personen war, bei der niemand jeden und der eine oder andere überhaupt niemanden kannte, war Ripley für alle ein Begriff: der lautstarke Trunkenbold, der die Rechtsanwälte mit dem Wort mit dem großen S belegt hatte, den man dem Chief vom Revers hatte ziehen müssen und der Mrs. Viviens Siamkatze einen Tritt verpaßt hatte.

»Unglücklicherweise, Madam«, fuhr Loring fort, »habe ich die eindeutig unangenehme Pflicht, Sie darüber in Kenntnis setzen zu müssen, daß Mr. Ripley gegenwärtig hinter dem Zweiersofa im Salon liegt.«

»Großer Gott«, sagte Mrs. Vivien.

Ein Murmeln machte die Runde. Ich ... ich gab keinen Laut von mir, aber das liegt daran, daß ich ein harter Bursche bin und die Niederträchtigkeiten des Lebens zur Genüge kenne.

»Ich bedaure ferner, Madam«, fuhr Loring fort und betonte jedes einzelne Wort, »daß ein kleiner Dolch mit Ebenholzgriff aus Mr. Ripleys Brustkorb ragt und daß sich auf dem kleinen türkischen Läufer eine Pfütze gebildet hat, bei der es sich um Blut zu handeln scheint. Ich bedaure, Sie davon in Kenntnis setzen zu müssen, daß Mr. Ripley das

Zeitliche gesegnet hat und der prima-facie-Beweis für einen Mord vorliegt.«

Die Reaktionen darauf waren mannigfaltig. Hier und da ein scharfes Einatmen, ein paar weit aufgerissene Augen und das eine oder andere nervöse Grinsen. Ich hörte »Donnerwetter« und »Menschenskind«.

Mrs. Vivien gestattete sich den Hauch eines Lächelns, aber bevor sie etwas erwidern konnte, sagte der Brite: »Nun, um es einmal frei nach Noel Coward auszudrücken, wenn ein Mörder Wilmer Ripleys Herz mit dem Messer getroffen hat, muß er erstaunlich gut gezielt haben.«

Am unteren Ende des Tisches erhob sich ein bulliger Mann, der die Art von grauem Anzug trug, die einer Jahresmiete entspräche, wenn ich denn noch Miete zahlen würde. »Ah, sehr gut, Charlotte... wirklich sehr gut«, sagte er zu Mrs. Vivien.

Das milde Säuseln dieses Beifalls ließ Mrs. Viviens Lächeln zu einem Strahlen aufflammen, und sie erhob sich. Sie sprach mit dem Butler, wandte sich aber an die Allgemeinheit. »Nun, Loring, dann werden wir wohl alle in den Salon gehen und uns die Leiche einmal ansehen müssen.«

Die Gäste sahen einander an.

Um voreiligen Aktivitäten vorzubeugen, sagte Mrs. Vivien mit lauter Stimme: »Was für ein großes Glück, daß wir rein zufällig einen echten Privatdetektiv unter uns haben. Wenn ich für einen Augenblick um Aufmerksamkeit bitten dürfte – ich möchte Ihnen allen gern Mr. Albert Samson vorstellen. Bitte erheben Sie sich, Mr. Samson.«

Langsam und zu diversen »Ohs« und »Ahs« und etwas spärlichem, zaghaftem Händeklatschen erhob ich mich.